활활발발

활활발발

담대하고 총명한 여자들이
협동과 경쟁과 연대의 시간을
쌓는 곳, 어린글방

어린 지음

위고

우리는 모두 쓰는 사람이니까

"혹시 글 가져오셨어요?"

하야티가 공손히 묻는다. 처음 글방에 온 사람에게 인사 다음으로 건네는 말이다.

"아, 네."

어색하게 대답하며 쭈뼛쭈뼛 가방에서 글을 꺼낸다. 테이블 위에는 벌써 대여섯 편의 글이 나란히 놓여 있다. 오늘 새로 온 이의 글도 그 옆에 자리를 잡는다. 다른 글을 읽던 글방러들이 따끈따끈한 글로 손을 뻗는다. 이제 종이 바스락거리는 소리만 들린다. 모두가 집중해서 글을 읽는 시간이다.

"다 읽었다면 시작할까요?"

내가 먼저 입을 열면, 잠시만요 잠시만요, 누군가가 시간을 더 요청하고 우리는 다시 글을 읽는다. 대략 이쯤이면, 하고 고개를 들면 대부분 시작할 준비가 된 표정이다.

"안녕하세요. 저는 글방 매니저 하야티라고 해요. 오늘 새로 오신 분이 있으니 글방이 어떻게 진행되는지 잠깐 소개할게요. 글방에서는 오늘 나온 글에 대한 합평을 합니다. 한 편 한 편에 대한 평을 진행할 때마다 모든 분들이 읽은 소감을 말씀해주시면 됩니다. 다만 글쓴이는 합평이 다 끝날 때까지 듣고 있어야 합니다. 네, 어려운 일일 수도 있겠습니다만 하고 싶은 말이 있다면 피드백이 다 끝나고 그때 하시면 됩니다. 한 명도 빠짐없이 글에 대한 이야기를 하고 나면 다음 글로 넘어갑니다."

"음, 좀 답답하거나 간혹 억울할 수도 있는데 아, 내 글이 저렇게 읽히는구나 저렇게 해석될 수도 있구나, 들어보는 시간이라고 생각하시면 될 거 같아요. 모든 독자들이 내가 쓴 의도대로 읽어준다면 좋은 일이겠지만 전혀 다른 방식으로 이해되는 경우도 있으니, 아, 쓰고 읽는다는 건 이런 거군, 이라고 편안히, 절대로 편안히는 안 되겠지만, 곰곰 들어두시면 되겠습니다."

룻다가 쟁강쟁강한 목소리로 거든다.

"아, 그리고 처음 오신 분한테는 특혜가 있어요. 오늘만, 그러니까 첫날은 다른 사람 글에 피드백을 안 하셔도 됩니다. 물론 하고 싶다면 얼마든지 같이 이야기해도 좋고요."

하야티가 선물이라도 안기듯 말한다.

"아, 나도 첫날이고 싶네요. 글에 대해 평하는 건 늘 어려워요."

한숨을 쉬며 와니가 말하자, 나도 나도, 글방러들이 맞장구를 친다.

"다른 사람의 글을 잘 볼 수 있을 때 내 글도 잘 보인다는 말을 믿읍시다. 사실 합평은 다른 사람한테 하는 말이면서 곧 나에게 하는 말이기도 하다는 걸 모두 잘 알고 있잖아요. 우리 모두 쓰는 사람이니까요. 그러니 아픈 말이 나오더라도 너무 속상해하지 말고 다음 글 쓸 때 반영하는 걸로 합시다. 제가 글방에 오는 이유이기도 하고요."

치가 '아픈'이라는 말에 손가락 따옴표를 하며 말한다. 모두 고개를 끄덕끄덕한다.

"조개의 글부터 시작하겠습니다. 자, 그럼 누구부터 이야기해볼까요?"

하야티가 시작하자는 말을 하고도 조금 더 침묵이 흐른 후에야 본격 피드백이 시작된다. 전하고자 하는 메시지가 잘 드러나고 있는가, 짧은 글 한 편에 너무 많은 등장인물이 나오는 바람에 어느 인물에도 마음을 줄 수 없는 아쉬움이 있다, 틀린 문장이 있는 건 치명적이다, 비문을 만나는 순간 작가에 대한 신뢰가 뚝 떨어진다, 글쓰기의 목적은 전달인가 공감인가, 등등의 이야기가 이어지고 내 차례가 된다.

"조개의 글 너무 재밌게 읽었어요. 뭐랄까, 코로나 시대를 사는 청년의 얼굴을 보여주는 글이랄까. 어떤 시대를 대표하는 청년의 얼굴 같은 게 있잖아요. 예를 들어『젊은 베르테르의 슬픔』이나『젊은 날의 초상』같은 글에 등장하는 인물들은 시간이 흐르고 다시 그 시대를 돌이켜볼 때 한 시절을 살던 청춘들의 표정을 보여주는 면이 있거든요. 오늘 조개의 글이 그랬던 거 같아요. 비대면 수업에 적응도 안 되고

들어가며

연결의 고리들이 헐거워지면서 외롭고 우울한 2020년의 청년이 정신과의사 선생님을 만나면서 겪게 되는 일들을 일정한 톤을 유지하면서 잘 엮었어요. 울적하게 시작했던 글이 유쾌하고 엉뚱하게 흘러가면서 끝까지 속도감 있게 읽을 수 있었고요. 가장 재밌던 부분은 이 선생님이 항우울제나 수면유도제 같은 것을 처방하지 않고 기이한 약을 주는 장면이었어요. 저절로 웃음이 나는 대목이었는데 뭐랄까, 빗자루를 탄 마녀 같은 느낌도 들고. 하하하. 우울한 청년과 활발한 노인이 만나 에너지를 주고받는, 환자와 의사로 만나 서로를 이해하고자 하는 시도들이 짜임새 있게 잘 구성되었어요. 두 사람의 캐릭터가 정확하게 드러나는 점이 이 글을 더 생생하게 만들었고 그 배경에 코로나라는 전염병의 시대가 깔려 있는 덕분에 이 글이 사소한 경험담에 머무르지 않고 시대의 한 풍경을 보여주는 작품으로 완성된 것 같습니다."

＊

글방을 한 지 10여 년이 되었다. 그때나 지금이나 일주일에 한 번 글을 써서 만나 합평회를 하는 방식에는 변함이 없다. 그때나 지금이나 자신의 글에 대한 피드백을 들을 때 두근두근 초긴장하는 얼굴들도 변함이 없다. 그때나 지금이나 오늘 글이 좋았다는 평을 받은 사람의 발그레한 홍조도 변함이 없다. 애들아 웬만하면 쓰지 마, 글 쓰는 거 힘들어, 안 쓰고 살 수 있으면 쓰지 말고 살아. 그때나 지금이나 내가 하는 말이다. 흥, 그러면서 어딘은 왜 쓰세요, 하고 되묻는 얼굴로, 그따위 시시한 말에는 속지 않는다는 도도한 표정으로 다음 주에도 그다음 주에도 글방러들은 생각지도 못한 이야기들을 들고 나타난다.

오랜 시간 글방을 한 이유는, 재미있어서다. 진짜다. 아직 '작가'라는 이름을 달지 않은 이들이 만들어내는 세상 웃기는 가슴 시린 독보적인 때때로 혁명적인 이야기, 그 이야기를 가장 먼저 읽을 수 있는 곳이 글방이다. 그곳에서 우리는 어떤 이야기의 최초의 독자다. 그러므로 우리는 공들여 글을 읽고 공들여 비평을 한다. 이 이야기가 다음 이야기를 불러올 수 있도록, 각각의 이야기가 만나 대서사의 강으로 흘러갈 수 있도록, 우리는 가장 꼼꼼하고 가장 정직한 피드백을 서로에게 예의를 갖춰 한다.

"여기 와서 뭐 좀 해."

세상 대수롭지 않은 일에 대해 말하듯이 조한은 웬만한 제안을 늘 이렇게 힘 다 빼고 하신다.

"자기 잘하는 거, 글쓰기 같은 거 가르쳐도 되고 여행 많이 했으니까 여행학교 같은 거 해도 되고."

그렇게 해서 나는 '하자센터'에서 '창의적글쓰기'라는 프로그램을 열게 되었다. 조한혜정 선생님, 그러니까 조한이 센터장으로 있던 시절이었다. 일주일에 한 번 수요일 저녁에 두 시간, '창의적'으로 '글쓰기'를 청소년들과 함께 해보기로 했다.

첫 시간부터 묻지도 따지지도 않고 쓰고 읽고 논평했다.

큐와 시언과 우르비엘이 자못 심각한 얼굴로, 나마가 무심하고 나른한 표정으로 첫 한 달을 빠지지 않고 왔다. 이 시대에도, 그러니까 출판계는 단군 이래 최대 불황이라고 아우성이고 게임산업의 약진이나 영화계의 활황에 비추어 문학이나 글 따위 너무 낡고 고루한 장르가 아닐까 싶던 시절, 이토록 진지하게 글을 쓰려는 청소년들이 있다는 것이 놀라웠다. 모두 각자의 고민이 있었고, 학교 시스템에 대한 저항 부모와의 불화 진로의 불확실성 우정과 연애 등등, 비장함과 고독함과 시름이 흠씬 묻어나는 문장으로 가득 찬 글을 써 왔다. 우리는 가차 없이 서로의 글에 대해 논평하려고 노력했다. 글을 써 온 서로의 마음을 너무 잘 알기 때문에 그 마음이 아주 정확히 표현되기를 바랐기 때문이다. 어찌어찌 창의적글쓰기에는 수많은 청소년들이 알음알음 모여들었다. 두 시간 동안 공들여 피드백을 하기에는 다섯 명에서 여섯 명 정도가 적당했지만 한두 명 글을 안 써 오는 날도 있어서 여덟 명까지는 무난히 모임을 할 수 있었다. 열두 명이 넘어가는 날은 부지런히 달려도 세 시간을 넘겼다.

"어딘, 저 다음 주에 못 와요."
시언이 말했다.
"왜?"
"병원에 가야 돼서요."
"어디 아파?"
"네, 정신과 상담 받는데 선생님이 결혼하셔가지고 신

혼여행 가셔야 해서 날짜를 옮기는데 딱 수요일밖에 안 돼서
요."

"그래? 의사 선생님도 신혼여행 가시는구나. 할 수 없지
뭐."

태연히 말했지만 속으론 놀랐다. 정신과 상담을 받는,
그 이야기를 태연자약 아무렇지 않게 하는 청소년을 그때 나
는 처음 본 것이다.

"시언아, 근데 상담은 왜 받아?"

가방을 메고 나가는 시언에게 지나가는 말처럼 물었다.

"산만하대요. ADHD 약도 먹어요."

"너 여기선 하나도 안 산만한데. 그리고 글쓰기는 산만
하면 할 수 없는 건데. 고도로 집중력이 필요한 분야라."

"여기선 안 산만한데 학교에선 산만한가 봐요."

문에 기댄 채로 시언이 말했다.

"음, 그러면 산만한 게 글쓰기엔 좋은가 봐. 여기저기 마
음 쓸 데가 많고 이것저것 관심 갖는 게 많아야 훌륭한 글이
나올 가능성이 높으니까. 그래도 상담은 잘 받고 음, 그 이야
기 글로 써보는 것도 재밌을 거 같아."

"생각해볼게요."

섬세한 얼굴에 곱슬머리, 시를 쓰던 시언은 적어도 창의
적글쓰기 시간에는 빛나는 사람이었다. 말간 얼굴로 앉아 있
지만 누구나 아프고 고단한 사연과 사정이 있었다. 아버지에
게 대들다 두드려 맞고 맨발로 집을 뛰쳐나와 어둠 속을 울
며 울며 걸은 율무의 글을 읽은 날 나는 그녀에게 전화번호

를 건넸다. 우리 집으로 와야 해 꼭, 난 혼자 살아서 아무 때나 언제라도 상관없어, 앞으로 이런 일이 생기면 무조건 나한테 전화하는 거야. 누구나 올 수 있고 언제라도 그만둬도 되고 다시 또 와도 되는 곳, 헐렁하고 느슨하고 가벼운 모임이었지만 글은 각자가 처한 삶의 지형을 투명하게 보여주었다. 글에 관해 엄밀하고 인정사정 봐주지 않는 곳이기로 한 이유다. 구구절절 그 이야기 글 안에서 다 하는 것이 우리의 원칙이었다.

*

창의적글쓰기는 몇 년 후 '어딘글방'으로 이름을 바꾸어 이어졌다. 창의적글쓰기가 포함된 하자센터의 프로젝트가 해체되고 나도 '로드스꼴라'라는 여행학교를 열게 되면서 글방을 당분간 쉬어볼까 하던 참에 몇몇이 그럼 어딘글방을 열어요, 말했고, 그럼 되겠어요, 몇몇이 찬성했다. 그럼 그렇게 하는 걸로, 나도 수요일 저녁을 비웠다.

늘 그랬던 것처럼 모임은 지속되었다. 다섯 시쯤 되면 누구는 프린터 앞에서 글을 출력하고 누구는 어느 구석엔가 앉아 노트북 자판을 미친 듯이 두드려대고 누구는 처음 오느라 길을 헤매는 신입을 마중 나가는 풍경은 익숙하고 자연스러웠다. 다만 모임의 주요 구성원이 청소년에서 청년으로 확장되었는데, 그사이 창의적글쓰기 멤버들이 이십대가 되었기 때문이다. 처음 왔을 때 열일곱, 열여덟이던 청소년들이 함께 글을 쓰고 밥을 먹고 여행을 하는 동안 스무 살, 스물한 살, 스물두 살이 된 것이다. 맙소사, 그동안 매주 모여 글을 썼다는 건가요? 묻는다면 맞다, 우리는 5~6년 동안 지속적으로 혹은 간헐적으로 만나서 쓰고 읽고 토론했다.

"글이라는 건 문장이 이루는 건축물이라고 생각하면 돼요. 하나의 완벽한 문장, 또 하나의 완벽한 문장, 또 하나의 완벽한 문장이 차곡차곡 쌓이면서 글이 되는 거죠. 그중에 한 문장이라도 불량품이 있다면 부실 건물이 될 가능성이 있어요. 오늘 지니가 가지고 온 글은 어떤 이야기를 그냥 이런 일이 있었어, 하고 전달하는 거예요. 그건 글이 아니고 그냥 에피소드일 뿐이죠. 글쓰기는 문장과 문장을 치밀하게 직조하여 하나의 이야기를 땅 위에 하늘 아래 드러내는 작업이에요. 하고 싶은 이야기가 있다면 튼튼하고 정교한 '문장'을 만들어야 해요."

글쓰기는 매주 향상되지 않는다. 지지부진 지리멸렬의 답보 상태가 몇 달 혹은 해를 넘기기도 한다. 매주 이토록 충실히 써 오는데 매주 이토록 쓰라린 이야기만 해야 하다니, 쓰는 이에게도 읽는 이에게도 고역이다. 어이하나 그렇다고 재미없는 글을 재미있다고 할 수는 없는 법. 글방의 유일한 규칙이라면 글에 관한 한 정직할 것, 그러니 읽은 느낌 그대로 말을 하는 수밖에. 진척 없는 시간이 흐르고 흐르다 어느 날 '점핑'의 순간이 온다. 지난주까지와는 질적으로 완전히 달라진 글이 그야말로 짜잔 하고 나타난다. 재밌는 건 글쓴이는 그 사실을 모른다는 거다. 지난주도 지지난 주도 지지지난 주도 본인은 최선을 다해 썼기 때문에. 한번 점핑한 글은 예전의 글로 돌아가지 않는다. 점핑한 그곳에서 주옥같은 글 몇 편을 쓰고 다시 지지부진 지리멸렬의 시간을 보낸다. 다시 점핑, 하는 순간이 올 때까지.

"치 글 너무 좋아요. 문장이 가볍고 탄력 있어요. 담백하고 정갈해요. 잘 쓰려는 마음이 보이지 않는 글, 그래서 잘 쓴 글이죠. 앞의 문장이 뒤의 문장을 부르고 뒤의 문장이 앞의 문장을 받치고 있어요. 종종 그런 말 하잖아요. 다 써놓고 어떤 한 문장을 빼봤을 때 와르르 무너지는 글이 정말 잘 쓴 글이라고. 그 말인즉슨 꼭 써야 할 문장, 반드시 필요한 문장만으로 이어갔다는 거죠. 오늘 치의 글은 필요한 문장들로 이뤄진 데다 굉장히 유연해서 뭐랄까, 낭창낭창해요. 캐릭터들도 잘 살아 있고. 특히 깍쟁이 같은 자신의 속마음을 가감 없이 보여주는 것도 재미있어요."

글방이 가장 불타오를 때는 어떤 글이 금기를 넘어설 때다. 모두의 마음 밑바닥에 있지만 차마 쓰지 않는, 쓰지 못하는 이야기들. 누군가 그중에 어떤 것을 건드렸을 때, 게다가 그 글이 너무 재미있고 잘 썼을 때, 오도도 소름이 돋으면서 발생하는 짜릿한 전율. 오, 저렇게까지 써도 되는 거야? 여기는 이런 글 막 써도 안전한 곳인 거야? 그다음 주부터 글방은 한 단계 업그레이드된다. 비로소 생각의 습관, 을 들여다보게 되는 것이다. 작가란 세상을 낯설게 바라보게 할 줄 아는 사람이다. 낯설게 하기, 글쓰기의 핵. 설명만으론 가닿기 어려운 이 지점은 때로 좋은 글 한 편으로 정확하게 가늠된다.

어디까지 쓸 것인가? 알고 보면 글쓰기는 용기와 관련된 행위다. 눈부신 한 편의 글 안에 전투의 상흔이 이곳저곳 깊게 배어 있는 까닭이다. 견고한 질서 완고한 관습 치밀한 통제를 부수고 깨뜨리고 균열을 내는 것, 글쓰기란 그런 것이므로 우리는 종종 뚝뚝 떨어지는 서로의 피를 지혈하고 깊게 베인 상처를 싸매주고 뜯겨나간 옷자락을 수선해주었다. 그 과정에서 기억과 기록은 동일하지 않으며 문자 안에 다 담기지 않는 이야기가 있다는 것을 알게 되기도 했다. 말로도 글로도 복구되어지지 않는 상처, 라는 것이 있다는 것도 인지하게 되었다. 쓰는 일이란 그러므로 공적인 기억의 바깥을 떠도는 배제된 혹은 은폐된 이야기를 발견하는 일일 수도, 문자세계의 바깥에 존재하는 거대한 이야기의 무덤에서 부장품을 발굴하는 일일 수도, 표현되어지지 않는 것의 표정을 더듬는 일일 수도 있다고 우리는 생각하게 되었다. 끝내 남는 것은 부드럽고 섬세하고 아름다운 것, 이라는 게 다만 놀라울 뿐.

오늘 당신과 내가 쓰는 한 편의 이야기는 사피엔스의 역사이면서 동시에 상추의 이야기이며 고양이의 이야기이며 창밖의 까마귀와 그가 먹는 홍시의 이야기일 것이다. 사피엔스의 일이란 좁쌀의 일이면서 우주의 일이기에.

차례

1부

글방이 활활발발해지는 순간

이야기가 네 멱살을 잡고
책상 앞에 앉히면

"3백 명의 작가가 네 안에 함께 살면 돼."

"네? 3백 권도 아니고 3백 명의 작가요?"

룻다가 그 쨍한 목소리로 카랑카랑 되물었다.

"어, 3백 명의 작가. 네 안에 이미 백여 명은 살고 있지 않을까?"

"무슨 말씀이세요, 백 명의 작가가 어떻게 제 안에 있어요?"

"일단 「백설공주」, 「인어공주」, 「잠자는 숲속의 공주」, 이렇게 공주 3종 세트가 있잖아. 「백설공주」의 작가는 그림 형제, 「인어공주」는 안데르센, 「잠자는 숲속의 공주」는 샤를

페로, 벌써 세 명의 작가가 있지.『피터 팬』,『피노키오』,「행복한 왕자」 또한 어린이들이 즐겨 읽는 이야기지.『피터 팬』의 작가는 제임스 매슈 배리, 스코틀랜드의 작가.『피노키오』는 이탈리아 동화작가 카를로 콜로디의 작품이고.「행복한 왕자」는 오스카 와일드, 영국 작가지."

"에이, 뭐 그런 거까지 치면, 그럴 수도 있겠네요."

"에이, 뭐 그런 거라니, 그게 얼마나 중요한 네 정서적 토양인데. 아마 일연 스님도 네 안에 살고 있을 거다."

"누구요?"

"『삼국유사』 쓴 일연 스님."

"저『삼국유사』안 읽었는데요."

"바보온달과 평강공주, 호동왕자와 낙랑공주, 서동과 선화공주, 연오랑세오녀, 박제상, 이차돈의 순교, 처용, 이런 이야기 알잖아."

"그게『삼국유사』예요?"

"고려시대에 일연 스님이 고구려 백제 신라의 이야기라 전해 내려오는 설화와 민담을 총망라해서 엮은 책이『삼국유사』인데 그 안에 저런 이야기들이 들어 있어. 그러니 네 안에 일연 스님도 함께 사는 거지."

"윽, 갑자기 배가 아파오는데요."

"루이자 메이 올컷의『작은 아씨들』도 읽었을 거고, 스토가 쓴『톰 아저씨의 오두막』도 읽었을 거고, 버넷의『소공녀』도 읽었을 거고."

"「헨젤과 그레텔」,「라푼젤」도 읽었네요. 작가는 모르겠지만."

"모두 그림 형제의 작품. 카를 그림과 빌헬름 그림. 두 사람의 창작물이라기보다는 구전으로 전해 내려오는 민담이나 옛이야기를 정리해서 엮은 책이라고 하는 편이 맞겠다."

이 대화는 룻다의 질문, "어딘, 어떻게 하면 글을 잘 쓸 수 있을까요?"라는 물음에서 비롯되었다.

룻다는 중학교 1학년 겨울방학 때 글방을 찾아왔다. 어찌나 할 말이 많은지 수업이 끝나고도 혹은 수업 전에 와서 제제제제 한참을 떠들었다. 자신이 다니는 학교가 얼마나 불합리한지, 기숙사에 함께 사는 아이들은 얼마나 고약하고 한심한지, 그 속에서 자신은 얼마나 억울하고 외로운지, 커다란 눈을 빛내며 정확성과 유창함을 겸비한 발음으로 떠들었다. 요샛말로 하자면 딕션이 아주 좋아 귀에 쏙쏙 들어왔지만 나는 늘 그렇게 떠들지 말고 글로 써 오라고 무심하게 대꾸했다. 말로 다 풀어 허공에 흩어지게 하지 말고 뭉글뭉글 속에서 끓이라는, 글쓰기 선생으로서 보인 의도적인 무정함이었다. 시큰둥한 내 반응에도 불구하고 혹은 내 반응을 무시한 채 룻다는 하고 싶은 말을 끝까지 하는 꿋꿋한 사람이었다.

글방에서는 모든 사람이 그날 나온 글 한 편 한 편에 대해 자신의 의견을 말해야 했다. 어떻게 읽었는지 어떤 문장이 좋았는지 어떤 면은 아쉬웠는지 따위를 얘기하다 보면 시간이 훌쩍 지나 문장을 아주 자세하게 그러니까 비문을 교정할 시간이 없는 경우가 많았다. 룻다의 초기 글은 문장 강화가 필요했다. "룻다, 담에게 문장을 정확하게 쓰는 법을 좀 배우면 어때?" 담은 당시 글방 멤버들 중에서 문장을 가장 정확하게 쓰는 사람이었다. 그러고 나서 잊어버렸는데 나중에 들어보니 룻다가 몇 차례 담에게 문장 쓰는 법을 배웠다고 했다. 어쩌면 자존심 상하는 일일 수도 있는데 룻다가 쿨하게 받아들이고 담 또한 시간을 내서 공들여 가르치고 배웠단다. 헉, 그렇게 말하는 게 자존심 상하는 일일 수 있구나, 뒤늦게 깨닫고 미안해졌다.

열다섯 살이 되자 룻다는 다니던 학교를 그만두고 독학자의 길로 접어들었다. 선지식을 찾아다니며 도를 구하는 선재동자처럼 갖가지 일과 예술과 작업을 하는 사람들을 찾아다니며 공부인 듯 공부 아닌 공부 같은 것을 했다. 그 사이사이 틈이 생기면 그동안 자신에게 일어났던 일을 글로 써 글방에 나타났다. 룻다의 글은 또래들이 할 수 있는 이야기의 범위를 벗어나 있었다. 성적, 친구와의 관계, 부모와의 불화, 연애 따위 청소년들의 보편적인 관심사를 뛰어넘는 이야기들은 흥미로우면서도 새로웠다. 문장도 단단하고 정교하게 여물어가고 있었다.

룻다는 한동안 뜸하다가 대학입시를 위한 자기소개서를 가지고 나타났다. 글방은 에세이를 중심으로 간간이 소설과 시를 다루는 모임이라 자기소개서를 합평하기는 처음이었지만 이미 대학을 다니는 멤버들 중심으로 열띠게 피드백이 이루어졌다.

"자기소개서의 핵심은 이 글을 읽는 사람 입장에서 보는 거야. 그러니까 대부분의 사람들이 나는 어떤 부모님 밑에서 태어나 어떤 학교를 나왔고 어떤 장점을 지니고 있는지 쓴단 말이야. 그런 글을 백 편쯤 읽는다고 생각해봐, 저절로 하품이 나겠지. 그 진부함을 어떻게 깨느냐가 중요한 거라고 봐."

"동의하지만 지나친 파격은 위험해. 호불호가 나뉘거든. 보편적인 룰 속에서 특수성을 발현해야 해. 불온하진 않지만 특별하고 매혹적인 사람으로 보여야 해."

"그런 면에서 보자면 자기소개서란 '나'라는 등장인물의 캐릭터를 만드는 거지. 진짜 나를 보여준다기보다는."

"물론 지금까지 나온 이야기들도 다 중요하지만 가장 중요한 건 진정성인 거 같아. 이 학교에 와서 이 공부를 왜 하고 싶은가 스스로에게 물어보는 기회로 삼아보는 것도 좋을 거 같아. 자기 정리도 되고."

룻다는 글방 사람들의 의견을 반영하여 두 번 세 번 고쳐 썼고 어쨌거나 합격을 했다. 그 후로 입시철이 되면 글방엔 자기소개서가 줄줄이 등장했고 한동안 입시 전문 글방으로 바꾸자는 농담들이 오갔다. 합격시켜드립니다 묻지도 따지지도 않고, 어때 괜찮지 않아?

작년인가 재작년인가 내가 하와이에 머무는 동안 룻다에게서 전화가 왔다.

"출판사 두세 군데에서 계약을 하자는데 어떻게 해야 할까요? 고민이 돼요, 과연 좋은 글을 쓸 수 있을지."

좋은 글은 모르겠지만 '룻다의 글'은 쓸 수 있을 것이다. 드글드글 끓어넘치는 에너지와 아슬아슬한 감정의 기복, 세상과 룻다 사이에 발생하는 긴장감, 환한 빛만큼 짙은 그림자, 웃음과 수다와 비례하는 독한 외로움, 익살과 넉살과 조소가 천연덕스럽게 공존하는 문장. 룻다 글의 고유성이다.

"인연 닿는 대로 하다 보면 뭐라도 되지 않을까. 살 날은 많고 쓸 날은 길고."

"그러게요. 어딘은 첫 책이 뭐였죠?"

"『전쟁의 기억 기억의 전쟁』. 맙소사, 내가 그런 이야기를 내 인생의 첫 책으로 낼 줄 어떻게 알았겠니. 나는 내 인생의 첫 책이 시집이 될 줄 알았어. 줄곧 시를 썼으니까. 종종 내가 글을 선택하는 것이 아니라 이야기가 나를 선택한다는 느낌이 들어."

"어떤 이야기가 저를 선택할까요?"

"그러게. 그걸 아는 작가는 아마 아무도 없지 않을까."

전화를 끊고 나는 룻다가 쓴 글을 찾아 읽었다.

나는 어느 순간 무엇이 되기 위한 준비에 매료되었다. 이를테면 셰프가 되기 위해 몇 년 동안 주방의 모든 허드렛일을 하는 것, 그림을 그리기 위해 몇천 개의 직선을 그리는 것, 누군가의 제자가 되기 위해 매일 새로운 물을 떠 오는 것 말이다. 양손 가득 물건을 사서 집에 돌아오는 날엔 갖고 싶다고 해서 가지는 것은 훔치는 것과 다름없다는 누군가의 말이 떠오르고는 했다. 그러면 나는 가끔 내가 갖고 있는 것들이 나의 것인지 돌아보아야 했다. 무엇이 되기 위해 거듭나는 과정을 나는 이따금 잊어버리고는 했다. 몇 년이고 그것이 되기 위해 준비를 마친 이들은 그러나 왠지 때가 되면 활을 벗어난 화살처럼 쏜살같이 목적지를 향해 날아갈 것 같았다.

—— 룻다, 「나의 작은 벤자민」

나의 작은 바리데기로군. 어쩐지 마음이 뭉클해졌다. 부모의 병을 고칠 생명수를 구하러 서천서역국으로 떠난 바리데기. 빨래하는 아낙네, 무쇠다리를 놓는 사내, 탑을 쌓는 사람, 수건 빠는 사람, 스님들을 만나 온갖가지 부탁을 들어주며 물어물어 저승강 건너 무지개다리 넘으니 키가 하늘에 닿을 만큼 큰 무장승이 부리부리 눈을 굴리며 우렁우렁 우레 같은 목소리로 그랬다지. 생명수 있는 곳을 알려줄 테니 삼 년 동안 나무를 해다오. 바리데기 삼 년 동안 나무를 다하니 무장승 이번에는 삼 년 동안 불을 때다오. 삼 년 동안 불을 때니 다시 삼 년 동안 물을 길어다오. 바리데기 그 물을 다 긷고 생명수를 달라 하니 무장승이 그랬다지. 오늘 당신이 길어온 물이 바로 생명수라네. 밥 짓고 빨래하고 설거지한 그 물이 바로 생명수라네. 오늘 룻다가 고군분투 불철주야 써내는 그 글이 누군가에게는 위안으로 누군가에게는 격려로 누군가에게는 용기로 환원되어 건네질 것이다. 모를 일이다. 어쩌면 인류를 구할 메시지가 될지도.

　　하와이에서 돌아온 나에게 룻다가 건넨 환영 인사는 간결했다. 어떻게 하면 글을 잘 쓸 수 있을까요? 나도 한마디로 대답했다. 3백 명의 작가를 네 안에.

　　"폴란드 상공에서 폴란드를 내려다보니까 온 천지가 숲이더라. 폴란드 사람들은 마음마다 숲이 있겠구나, 쉼보르스카의 시가 저런 배경 속에서 나오는 거구나 싶다가 문득 핀란드 사람들은 마음마다 호수를 하나씩 품고 있겠구나 생각했어. 핀란드 상공에서 내려다보면 작고 큰 호수들이 그림처럼 펼쳐져 있거든. 무민의 작가 토베 얀손의 작품도 잉게 룩의 그림도 아르토 파실린나의 소설 『독 끓이는 여자』, 『기발한 자살 여행』, 『목 매달린 여우의 숲』도 백야, 그 오묘한 시간 속에서 잉태된 것이겠구나. 그럼 내 마음속에는 아마도, 아마도 산맥들이 물결치지 않을까. 마천령산맥, 낭림산맥, 소백산맥, 태백산맥, 차령산맥, 노령산맥, 적유령산맥….

　　그러니까 한 작가를 안다는 건 그가 살아온 곳의 지형과 그 지형이 만들어낸 수많은 생명들, 순록 여우 물소 코끼리 기린 나무늘보 캥거루 은사시나무 동백나무 자작나무 고사리 냉이 튤립 가오리 돌고래 망둥이 전갱이 블루베리 파파야 모자를 삼켜버린 뱀 사막을 건너는 쌍봉낙타 등등이 내 안에 함께 산다는 거지. 그다음은 그냥 그대로 두면 돼. 그들이 어울려 저절로 이야기를 만들어내거든. 별과 달과 금성과 마그마와 비소와 바이러스까지, 너무 미세해서 보이지 않는 것부터 너무 거대해서 보이지 않는 것까지, 너무 미약해서 들리지 않는 소리부터 너무 광대해서 들리지 않는 소리까지 함께 사는 마음이 만들어진다면, 룻다, 지금까지 그래왔던 것처럼 손이 근질근질해서 참을 수가 없을 거야.

사냥하고 춤추고 불을 피워 요리하고 술 담그고 수영하고 싸우고 토라지고 기도하고 달리고 꽃피우고 잉잉대고 쩍쩍대면서 네 안의 모오든 생명들이 제 할 일을 하느라 바쁠 테니 너는 그저 손이나 빌려주면 되는 거지. 시쳇말로 그분이 오신 거야. 그때도 아아 하품이나 하면서 좀 더 딴청을 부리거나 만화책이나 보면서 뒹굴며 지내도 좋아. 결국 이야기가 네 멱살을 잡고 책상 앞에 앉히면, 할 수 없지, 쓰는 거지, 어쩌겠어."

내가 아는 내가 모르는 이야기들

하와이에 살던 뱅이 우리 집에 머무른 지도 벌써 다섯 달째로 접어들고 있다. 뱅은 코로나19의 영향으로 다니던 직장이 문을 닫는 바람에 이참저참 10여 년 만에 한국으로 돌아와 쉬고 있다. 코로나 난민으로 불러주세요, 라고도 하다가 직장생활 23년 만에 이렇게 쉬어보긴 처음이에요 너무 좋아요, 라고도 한다. 불안과 나른함, 두 가지 마음이 한 몸에 깃들어 있을 것이다. 뱅은 자기 전에 주로 미국과 한국의 시사평론을 즐겨 듣는데 어느 날 내가 생텍쥐페리의 『야간 비행』을 오디오북으로 듣는 것을 보더니 핸드폰에 오디오도서관 앱을 설치했다. 문학작품을 좀 들어보겠다며. 뱅은 첫 작품으로 『엄마의 말뚝』을 골랐다.

"그런데 박완서 선생님은 어렸을 때 일이 어떻게 그렇게 잘 생각이 날까요?"

"뱅도 어린 시절 생각나지 않아요?"

"큰 덩어리 몇 개만 생각나지 그렇게 세세하게 기억이 다 나진 않아요."

"써야겠다고 마음먹고 앉으면 그래도 이런저런 생각이 날 거예요. 기억이 기억을 불러오기도 할 거고."

"그렇긴 하겠죠."

"내가 들은 것만 해도 많은데. 친구들과 소 먹이러 가는 길에 냄비 하나 숨겨놨다가 화덕 만들어 라면 끓여 먹은 이야기, 남자아이들과 야구 축구 하며 해가 질 때까지 놀던 이야기, 아빠랑 상여꽃 오리던 장면, 난리 통에 온 집안이 풍비박산이 나서 아버지 형제만 겨우 목숨을 부지한 이야기, 아버지가 병이 난 이후에 엄마가 남의 집 밭도 매고 장사도 한 이야기. 언젠가 뱅이 그랬죠, 엄마가 리어카를 끌고 가는 걸 뒤에서 미는데 엄마의 등이 울더라고…. 내 마음도 울린 이야기였어요. 그러고 보니 뱅이랑 박완서 선생님이랑 비슷한데요, 스토리가."

"뭐가요?"

"아버지 돌아가시고 엄마가 결연하게 고향을 떠나 서울로 오잖아요. 집은 가난한데 딸내미 교육 잘 시켜보겠다고 강남에 있는 학교에 보내고. 잘하면 소설 한 권 나오겠는데요."

"그런가요. '엄마의 팔뚝'이라도 써볼까요?"

빙글 웃으며 뱅이 말했다.

뱅은 내 지인들 중에 책을 가장 안 읽는 편에 속한다. 아, 내가 아는 사람들의 대부분은 책을 아주아주 많이 읽는 다는 것을 전제해서다. 물론 책을 많이 읽는 것과 잘 사는 것 의 연관성은 별로 없다. 뱅은 타고난 직관과 합리적 판단, 섬 세한 젠더 감수성을 가졌으며, 유수 기업의 탁월하고 유능한 직원이었다.

"내가 책을 별로 안 읽는 사람이잖아요. 근데 어딘이 추 천해준 책은 거의 다 읽게 돼요.『엄마의 말뚝』도 진짜 재밌 거든요. 비결이 뭘까요?"

"내가 무슨 책을 추천해줬죠?"

"이사벨 아옌데의『영혼의 집』, 위화의『허삼관 매혈 기』, 최근엔 호프 자런의『랩 걸』, 뭐 그런 거요."

"타고난 작가들 책이네요."

"재능을 타고났다는 건가요?"

"음, 재능이라고 단순하게 말하기는 어려운 문제네요."

"그럼 뭐를 타고났다는 거예요?"

"아침도 먹기 전에 하기에는 벅찬 이야긴데요. 글쓰기의 본령에 해당하는 질문을 지금 뱅이 한 거 알아요?"

"어머나 무슨 말씀이세요, 저 난독증이에요. 그런 수준 높은 질문을 할 수 있는 사람이 아니라고요."

"난독증이 있는 사람조차 재밌게 읽게 만드는 작가들이 갖고 태어나는 게 뭐냐, 작가의 DNA에 관한 질문이죠 결국."

글쓰기의 재능을 문장 구사력이라고 본다면 글방에 오

는 이들은 일단 글쓰기에 재능이 있다. 오라는 사람도 가라는 사람도 없는 글방에 제 발로 찾아와 2년이고 3년이고 꾸준히 글을 쓴다는 건 일단 글쓰기에 재능이 없으면 못 하는 일이다. 그럼에도 합평회에서 쓴소리를 들은 날이면 이들은, 으음, 나는 아무래도 글쓰기에 재능이 없나 봐요, 엄살을 부리는데, 사실 그것은 포즈에 불과하다. 다음 달이나 그다음 달이 되면 지난번의 글을 뛰어넘는 글을 반드시 써 오기 때문이다.

어느 해 여름, 긴 출장을 가게 되었다. 일주일에 한 번 열던 글방도 덩달아 한 달 정도 쉴 수밖에 없게 되어 미안했다. 여름방학이라 해남에서 온 친구들도 있어 더 그랬다. 무심코, 얘들아, 글방을 매일 해볼까? 한 일주일 캠프 왔다 치고 매일 써보는 건 어때? 라고 물어보았다. 그 당시 글방 구성원은 대부분 십대였는데, 놀랍게도 모두가 찬성했다. 하여 그다음 일주일 내내 날마다 글방을 열었다. 글감은 하루 전에 내주었는데 한 사람도 빠짐없이 매일 글을 써 왔다. 흥미롭게도 오늘의 글이 어제의 글보다 반드시, 날을 거듭할수록 점점 더 재밌어졌다. 맵싸하고 웃기고 찡하고 들큰한 글이 모였다.

글을 쓰게 하는 본연의 힘은 하고 싶은 이야기 혹은 해야 하는 이야기가 있느냐, 그것도 얼마나 절실하게, 얼마나 혹독하게 있느냐에 달려 있다고 나는 생각한다.

박완서 작가는 마흔에 등단했다. 스무 살에 서울대 국

문학과에 입학했지만 전쟁이 터지는 통에 간난신고를 겪어야 했고 먹고살기 위해 온갖 일을 닥치는 대로 해야만 했다. 박수근 화가와의 만남도 그 과정에서 이루어졌다. 미군의 초상화를 그려주고 흥정해주는 일로 두 사람은 만났다. 등단작 『나목』은 그 이야기를 각색하고 재구성한 소설이다. 오랫동안, 아주 오랫동안 박완서 작가는 그 이야기를 쓰고 싶었을 것이다. 밥을 하다, 아이의 머리를 땋아주다, 장을 보다, 문득문득 문장이 떠올랐을 것이다. 손으로는 국을 끓이고 빨래를 하고 아이의 숙제를 봐주고 바느질을 하지만 마음속에는 이야기가 소용돌이쳤을 것이다. 헛구역질처럼 문장이 쏟아져 나와 참을 수 없을 때 마침내 펜을 들어 액체 상태의 이야기를 어떤 '형태'로 만들었을 것이다.

오정희 작가도 그랬다. 식구들이 모두 잠든 밤에 비로소, 쓰기 시작했다고 작가는 말한다. 낮의 일이란, 세금을 내고 이웃과 교류하고 도시락을 싸고 아이를 씻기고 남편의 셔츠를 다림질하는 것. 이 모든 일이 밤의 일을 하기 위한 과제 수행 같은 것이었을 수도 있다. 잡다하고 시끄럽고 번다한 세속의 일이 까무룩 잠이 드는 순간 작가를 찾아오는 수많은 여자들. 중국인 거리를 걷는 깜찍하고 되바라진 소녀들, 전쟁 통에 심사가 뒤틀려버린 노랑눈이, 휠체어를 탄 완구점 여인, 불의 강을 건너온 세상의 모든 여자들이 이야기를 쏟아내면 작가는 밤을 도와 그 여자들의 이야기를 받아썼을 것이다.

그런데 다 깎은 뒤 거울 속에 남은 것은 여전히
뒷박머리였다.

이왕 깎은 걸 어떡하니, 다음번에 다시 잘
깎아주마.

그러길래 왜 아저씨는 이발만 열심히 하지 잡담을
하느냔 말예요.

나는 바락바락 악을 썼다. 마침내 이발사는 덜컥
의자를 젖히며 말했다.

정말 접시처럼 발랑 되바라진 애구나, 못쓰겠어,
엄마 배 속에서 나올 때 주둥이부터 나왔니?

못쓰면 끈 달아 쓸 테니 걱정 말아요, 아저씨는
배 속에서 나올 때 손모가지에 가위 들고 나와서
이발쟁이가 됐단 말예요?

—— 오정희, 「중국인 거리」[*]

한국문학사에 전무후무하게 당돌하고 맹랑하고 당찬 소
녀는 새벽이 되면 바람처럼 사라졌다 밤이 되면 다시 찾아와
못다 한 이야기를 소나기처럼 퍼부었을 것이다.

배수아 작가도 그랬다. 아침 9시에 병무청으로 출근해
7급 공무원으로 일을 하다 5시에 퇴근해 집으로 돌아와서 요
플레에 밥을 말아 먹고 글을 썼다. 카프카도 그랬고 위화도
그랬다. 카프카는 노동보험공단에서 일했고 위화는 치과에

---

* 오정희, 『유년의 뜰』, 문학과지성사, 1981, 83~84면.

서 발치사로 일했다. 5년 동안 1만 개가 넘는 이를 뽑으며 위화는 여기저기 문학잡지에 소설을 써서 보냈다. 참을 수가 없도록 하고 싶은 이야기가 없다면 가능하지 않은 일이다. 녹초가 된 몸을 다시 일으키는 건 문장들이다. 환자의 입안을 들여다보면서도 후루룩 국수를 건져 먹으면서도 상사의 훈계를 들으면서도 떠오르는 문장들, 연인의 눈을 마주하는 순간에도 아버지의 경멸 어린 시선을 받아낼 때도 친구들과 헐렁한 농담을 주고받을 때도 둥둥둥 표류하고 부유하는 문장들. 아아 이제 다 끝났어, 청소도 빨래도 보내야 할 팩스도 써야 할 편지도 해야 할 안부 전화도, 산란하고 산만한 모든 일을 마침내, 끝내고 책상 앞에 잠시 넋을 놓고 앉아, 가만히 빈 종이를 혹은 빈 화면을 바라보노라면 꼬물꼬물 올챙이 같은 것들이, 경중경중 소금쟁이 같은 것들이, 파르르르 물잠자리의 날갯짓 같은 것들이 날아다니고 뛰어다니고 헤엄쳐 다니다 첫 문장을, 만들어낸다.

　그렇게 물꼬가 터지면 와르르 몸을 뚫고 나오는 이야기들. 내가 아는 내가 모르는 이야기들, 첩첩이 겹겹이 등뼈에 횡격막에 십이지장에 쓸개에 혈관에 섬모에 스며들어 있던 이야기들, 산 사람의 이야기, 죽은 사람의 이야기, 토끼의 이야기, 느티나무의 이야기, 거위의 이야기, 박쥐의 이야기, 바람의 이야기, 별의 이야기가 손끝으로 달려온다. 북유럽의 이야기, 남태평양의 이야기, 중앙아시아의 이야기가 절로 얽히고설킨다. 쓰다 보면 문득 짙은 의심이 든다. 내가 쓰는 것이라 생각하지만 글이란 이야기가 나를 이용해 생을 획득하고 이어가고 확장해가는 과정이 아닐까. 작가의 몸이란 어쩌면 이야기를 전하는 경로가 아닐까. 그 길에 꽃 피고 새 울고 은성한 그늘 드리우라고 모질고 냉정하게 담금질하는 거 아닐까. 작가의 재능이란 그러므로 행운이면서 동시에 고난일 수밖에.

글방에 오는 이들에게 나는 종종 우아한 독자로 남으라고 농담 아닌 농담을 한다. 하지만 우아한 독자로 남고 싶은 사람은 결코 글방에 오지 않는다. 재능의 발견이 곧 고초로 이어지는 운명에 이끌린, 자기 의지를 뛰어넘는 '이야기의 선택'을 받은, 해사하고 맑은 눈망울들이 글방 문을 조심스럽게 연다. 아직 세상에 없는 이야기가 눈을 빛내며 기지개를 켠다.

저에 대해 뭘 안다고 그러세요?

와니를 따라 글방에 새로운 친구가 왔다. 첫날인데 글도 가져왔다. 서로 인사를 나누고 준비해 온 간식거리들을 차려 두고 먹어가며 글을 읽었다. 흔한 글방의 풍경이다.

"자, 그럼 시작해볼까요. 제가 조개 글을 제일 먼저 읽었 네요. 조개 글부터 이야기해볼까요?"

조개와 하야티, 룻다, 와니, 그리고 새로 온 친구가 가져 온 것까지 모두 다섯 편이 오늘 합평할 글이다. 처음에는 기 존 멤버의 글로 시작하는 게 좋겠지, 새로 온 친구가 글방에 서 어떤 식의 피드백이 오가나 분위기를 살필 수 있게, 그렇 지만 자기 순서가 올 때까지 노심초사 기다릴 수 있으니 중간에 새로 온 친구의 글에 대한 평을 하고 이어서 하야티와 와니의 글에 대해 이야기하면 되겠다, 속으로 생각하고 순서에 맞춰 진행했다.

글을 읽고 그 자리에서 바로 피드백을 하기란 만만치 않은 일이다. 글방러들이 글을 쓰는 것보다 더 힘들어하는 것이 현장에서 하는 비평이다. 합평회는 자신의 글에 대한 피드백을 들을 수 있는 기회이면서 동시에 좋은 글에 대한 공통분모를 찾아가는 과정이기도 하다. 쓰는 사람이 모인 집단에서라면, 다른 사람의 글에 대한 논평은 대부분 스스로를 담금질하는 말이기도 하다. 겉보기에는 다른 사람의 글에 대해 이야기하는 것 같지만 기실 자신에게 하는 말임을 상기시키며, 그러니 섬세하게 예리하게 맹렬하게 피드백을 하라고 나는 종종 말하곤 했다. 명징하고 깐깐하고 정직한 비평의 언어가 쌓이고 쌓일 때 자신의 글에도 엄정할 수 있다고.

한 편의 글로서 완결성을 충분히 갖추었는가, 한 문장 한 문장이 어떤 식으로든 주제에 복무하는가, 첫 문장을 읽는 순간 끝 문장을 예측할 수 있다면 완벽하게 실패한 글 아닐까, 캐릭터는 스스로 살아 움직이는가, 새로운 이야기는 보편적 형식에 익숙한 이야기는 실험적 형식에 담자, 마지막까지 긴장이 유지되는 글쓰기는 어떻게 가능한가, 긴 문장을 실패하지 않고 쓸 자신이 없다면 가능한 한 짧은 문장으로 훈련을 하자, 이런 말들이 오갔던 것 같다.

새로 온 친구의 글을 합평할 시간이 되었다. 돌아가면서 한마디씩 했고 내 차례가 되어 몇 마디 이야기를 보탰다. 등장인물과 글 쓰는 사람이 너무 엉겨 있으니까 거리를 좀 둘 필요가 있다, 정밀하고 적확한 묘사에 좀 더 충실하고 슬픔과 우울은 독자의 몫으로 남겨두면 어떨까, 아마도 그런 말을 했을 것이다.

"저에 대해서 뭘 아세요?"

새로 온 이가 말했다. 글에 밑줄을 치고 있던 조개가 번쩍 고개를 들었다. 빵 조각을 입으로 가져가던 룻다가 켁, 기침을 했다.

"저에 대해 뭘 안다고 그렇게 말하시는 거예요?"

"아니, 그게, 그러니까….'"

웬만해선 당황하지 않는 하야티가 입으로 가져가던 물잔을 내려놓으며 빠르게 말했다.

"이건 글에 대한 이야기예요, 글 쓴 사람에 대한 이야기가 아니라, 그러니까….'"

"아무것도 모르면서, 내 상황이 어떤지 알지도 못하면서."

분노와 억울함이 섞여 목소리가 떨렸다. 흐르는 눈물을 닦으며 그이가 주섬주섬 가방을 챙겼다.

"아, 어떡하지, 그게 아닌데, 아이 참, 그게 아닌데."

조개가 어쩔 줄 몰라 하며 따라 일어섰지만 가방을 멘 그이는 쾅, 문을 닫고 나가버렸다. 와니가 허겁지겁 짐을 싸서 따라 나갔다. 그래도 다행이다, 와니가 아는 사람이라, 어쨌거나 저쨌거나 찻집을 가든 밥집을 가든 혼자 가게 두진 않겠지, 라고 생각하는데, 조개가 자꾸, 어쩜 좋아, 아이참 어떡해, 양손을 잡았다 풀었다 안절부절못했다. 우리 중에 가장 당황한 사람은 조개였는데 그녀가 걱정을 하는 건 놀랍게도 쾅 문을 닫고 나간 이가 아니라 나였다.

"어딘, 아이참 어떡해, 어딘, 괜찮으세요?"

"어, 난 괜찮아. 조개는 괜찮아요?"

나는 너무 당혹해하는 조개가 오히려 걱정되었다.

"와, 글방 역사상 처음 있는 일인데요."

한입 가득 빵을 밀어넣으며 룻다가 우걱우걱 말했다.

"아, 근데 그게 아닌데. 글에 대한 이야기인데, 편하게 들으면 되는데."

못내 아쉬운 듯 하야티가 펜으로 낙서를 하며 혼잣말처럼 중얼거렸다.

"편하게 듣게 되진 않지."

찰지고 선명한 발음으로 룻다가 말했다.

"우리도 첨엔 어려웠잖아. 글에 대한 비평이 나에 대한 비평인 거 같아 맘 상하고, 어떤 말엔 버럭 화가 나기도 하고 따지고 싶기도 하고. 근데 오늘 어딘 살살 하셨는데. 요즘은 어딘도 늙으셨나, 왜 예전처럼 불꽃을 안 튀기시나 생각을 가끔 하는데. 안 그래?"

동의를 구하듯 하야티에게 눈길을 보내며 룻다가 말했다.

"글 쓰는 사람의 배경을 일일이 알고 글을 읽는 경우가 있나? 그러니까 내 말은 우리가 박경리 작가를 모르면서 『토지』를 읽잖아. 김애란 작가를 모르면서 『달려라 아비』를 읽고. 우리가 박완서, 한강을 알아? 『친절한 복희씨』를 읽으면서 박완서 작가를 추측하고 『소년이 온다』를 읽으며 한강 작가의 세계를 이해하는 거지. 근데 왜 글방에서는 글 쓴 사람의 사정을 알고 글을 읽어야 하지?"

조개가 어쩐지 억울함이 담긴, 그러나 모기만 한 소리로 말했다.

"아무래도 위로가 필요했나 봐."

노란 머리칼을 쓸어 넘기며 하야티가 말했다.

"그러려면 측근들하고 술을 마셨어야지."

안 그래도 큰 눈을 더 크게 뜨며 룻다가 말했다.

"글쓰기 모임은 위로와 위안은 될 수 없나."

조개가 어깨를 늘어뜨리며 중얼거렸다.

글방은 일주일에 한 번 열렸다 닫히는 시공간이다. 글방이 끝나면 각자의 세계로 표표히 돌아가 좌충우돌 동분서주 삶을 살다가 일주일이 지난 후 한 편의 글을 품고 다시 만난다. 글 속에는 한탄과 푸념과 불안과 고민과 갈등과 낙망과 지향과 설렘과 종종 희망이 중층적으로 쌓여 있어 굳이 안부를 묻지 않아도 글쓴이의 심중을 짐작하고 근황을 파악하게 된다. 게이의 사랑과 삶이 얼마나 고단한지, 폭력적 관계를 정면으로 응시하기란 얼마나 고통스러운지, 자본이 영혼을 어떻게 잠식하는지, 아우슈비츠 수용소와 공장식 축산, 그리고 동물해방과 장애인해방이 어떻게 연결되는지 우리는 서로의 글을 통해 이해하고 공명한다. 보이는 것과 보이지 않는 것, 지나간 것과 다가올 것이 얼마나 긴밀하게 이어져 있는지 함께 추측하고 예감한다. 어긋나고 틀어지는 사랑의 행로, 유년의 가난과 허기, 자다가도 이불 킥을 하고 싶은 부끄러운 기억들이 그나마 글쓰기의 자양분이 된다니 다행이라며 글방식 위무를 나눈다. 느그 아부지 뭐 하시노, 굳이 묻지 않아도 때로 서로의 아버지의 속사정까지 알게 되는 경우도 있다. 언젠가 봉소의 아버지 계좌로 글방러들이 후원금을 보낸 것도 그녀의 글을 읽고 난 후다. 진보정당 소속 정치인 아버지를 둔 딸의 속마음은 복잡다단하고 얼기설기했다. 봉소가 쓴 글에 피드백을 주고받다가 아버지가 어쩌면 마지막일지도 모를 출마를 한다는 얘기를 듣고 우르르 후원금을 보냈는데, 글방식 우정이라면 우정이겠다.

"음, 글쓰기 모임이 주는 위안이라면 등산 모임, 낚시 모임, 스킨스쿠버 모임에서도 받을 수 있지 않을까."

룻다가 '모임'에 손가락 따옴표를 하며 말했다.

"그러고 보니 글방에선 위로나 위안이란 말은 거의 안 쓰지 않아?"

하야티가 덜덜 다리를 떨며 말했다.

"음, 그러네. 우린 무슨 말을 쓰지, 위로하고 싶을 때?"

갸우뚱 고개를 기울이며 조개가 혼잣말인 듯 아닌 듯 웅얼거렸다.

"지지, 격려, 고무, 찬동!"

웃으며 내가 말했다.

"연대와 우정, 동지애, 이것도 어딘이 자주 쓰는 말이잖아요."

"맞다 맞다."

하야티의 말에 조개가 동의했다.

"그렇다고 글방이 위안을 안 주지는 않잖아."

하야티가 의자 위로 다리를 올리며 말하자 룻다가 등을 쭉 펴고 고쳐 앉으며 말했다.

"글방이 주는 위안이란 곧 글이 주는 위안이라고 할 수 있지. 글은 사실 작가가 만드는 세계, 재구성한 세계잖아. 어느 무엇도 그 자체로 글이 될 수는 없는 거잖아. 내가 엄마에 대해 썼을 때 그 엄마는 내가 이해한 어떤 여자지, 우리 엄마 그 자체는 아니란 말이야. 사물이든 인간이든 결국 내 필터링을 거쳐서 글 속에 등장하는 거지. 그렇게 보자면 글이란 게 결국 작가가 이해한 세계를 펼쳐 보이는 건데, 그 세계라는 것이 내가 이해하고 있는 세계와 때로는 충돌하지만 때로는 일치하기도 한단 말이야. 그때의 동병상련, 아, 나만 이러고 사는 게 아니구나, 이런 아픔 이런 고통을 나만 겪는 줄 알았는데 인간의 생이란 크게 다르지 않구나, 깨닫는 순간 그것은 대단한 위안이 되지."

"맞아. 질투나 증오나 분노 같은 거 나만 하고 있는 줄 알았는데 다른 사람도 마찬가지구나, 알게 되었을 때 엄청 안심이 돼. 사람의 마음자리라는 게 그리 크게 다르지 않구나, 그런 걸 알게 된 것도 글방에서인 거 같아. 많은 위로가 되었어."

비로소 미소를 띠며 조개가 말을 이었다.

"인간이라면 누구나 희로애락과 생로병사의 고군분투 속에 있구나, 그걸 버티게 하는 것이 사랑과 우정과 동지애구나, 하는 걸 확인할 때마다 어떻게 살아야 하는지 답이 나오기도 하고. 그런데 그런 걸 말로는 못 하잖아, 낯간지러워서. 나랑 비슷한 나이대가 겪어내는 경험을 공유하는 건 큰 위로가 되지."

룻다가 방울토마토 꼭지를 따 입에 넣으며 웅얼거렸다.

뭐야, 오늘 이 양반들 작두 타는 날인가. 글의 본질을 이웃집 고양이 이야기하듯 하네. 훌륭함과 야비함과 잔인함과 긍휼함과 미추를 동시에 내포한 인간이라는 종에 대한 환멸과 환희, 몸을 지닌 것들에 대한 애틋함과 황홀함과 슬픔, 나무와 강과 화성과 사이보그와 멧돼지와 고래 사이에서 서성이고 헤매고 탄식하는, 너이면서 나, 동일한 질료로 만들어지지만 눈부신 독자성을 지닌 이야기들. 매주 글방에서 마주치는 것들이다.

"임신 중지에 대한 글 나왔던 거 기억나?"

"그런 글도 있었어?"

룻다가 어깨를 앞으로 내밀며 물었다.

"어, 그때 내가 어려서 조금 놀랐거든. 그런데 글방에서 그냥 아무렇지 않게 이야기를 하더라고. 어딘이 그때 어떻게 피드백했느냐면, 일기는 피드백을 할 수 없다고, 알 듯 말 듯 한 말을 남기고 넘어가시더라고. 그러곤 글방 끝날 때쯤 그러시는 거야. '글과 작가를 분리해서 생각합시다. 그리고 글방에서 나왔던 글은 글방 안에서 소화하고 끝냅시다. 그 작가가 쓴 글을 인용하고 싶다면 반드시 허락을 받고 합시다. 또 하나, 말로 글을 옮기지는 맙시다.' 내가 아직도 기억하고 있잖아, 글방의 룰 같은 거라고 생각해서. 그날 어딘이 오랜만에 다 같이 밥이나 먹으러 가자고 해서 밥까지 먹고 헤어졌는데, 기억 안 나세요?"

글이 주는 위안이란 서로 다른 여러 세계가 교차하고 충돌하고 비껴가고 엇갈리며 만들어내는 우주에 자신이 속해 있음을 발견하는 것이다. 누추하고 남루할 줄 알았던 내 존재가 맙소사, 다른 수많은 별들과 함께 반짝반짝 빛나고 있구나, 목격할 때다. 내 후회가 누군가의 희망이 되고 내 절망이 누군가의 징검다리가 되고 내 뜨거운 눈물에 춥고 쓸쓸한 누군가가 밥을 말아 먹는다는 걸 아는 것, 글이 주는 위안일 것이다.

용기에서 비롯되는 일

글감은 한 주 전에 나간다. 그날의 글방을 마치면서 다음 주의 글감을 내보낸다. 어쩌다 깜박 잊고, 자, 오늘은 여기까지 합시다, 마무리를 할라치면 누군가가 다급하게 외친다.

"다음 주 글감은요?"

"아, 어쩌라고."

"네?"

"'아, 어쩌라고'가 다음 주 글감입니다."

누군가는 헐, 하고 누군가는 반짝 눈을 빛낸다. 동무들과 헤어져 혼자 지하철 계단을 내려가거나 버스를 기다리는 동안 다음 주 글감에 대한 구상이 글방러들의 머릿속에서 마구 소용돌이를 일으킬 것이다. 막상 책상 앞에 앉아 쓰는 건 글방 하루 전날이나 당일이겠지만 글감을 받아 든 순간부터 글은 시작된다. 처음엔 머릿속을 뒤지던 글감이 몸을 훑고 마음을 헤매다 부모미생전의 기억을 찾으러 기어이 먼 길을 떠나기도 한다.

어린이나 처음 글쓰기를 시작하는 사람들에겐 구체적인 글감이 나간다. 싸움, 할머니, 우리 동네, 내 친구, 살면서 가장 기뻤던 날 혹은 슬펐던 날, 고마운 사람 같은 글감은 어떤 경험을 구체화하여 쓰기 편한 소재들이다. 때때로 인터뷰를 해 오라는 미션을 내기도 한다. 다른 사람의 이야기를 듣고 풀고 재구성해보는 것은 글쓰기 훈련의 필수 요소다. 잘 듣는 것은 잘 쓰는 것과 밀접하게 연동된다.

어딘글방에서는 대체로 '아무 글감'이나 막 나가는 편이다. '그러니까 말하자면'으로 시작되는 이야기를 써 오세요, 라거나 '다섯 개의 장면으로 구성하는 내 삶', '그건 당신 마음이고', '내 장례식에 놀러 올래요?' 따위. 오랜 시간 함께해 온 글방러들은 이제 '아무 글감'에 익숙해서 글감에 상관없이 다양하고 풍요로운 이야기를 풀어놓는다. 나는 종종 글 쓰는 일을 요리하는 일에 비유하곤 했다.

"글감을 주는 건 요리 재료 하나를 제공하는 겁니다. 닭 한 마리를 줄 테니 아주 맛있고 특별한 요리를 해보라는 거죠. 비건 친구들은 다른 재료를 떠올려주세요. 가장 먼저 생각나는 건 닭볶음탕이나 백숙 삼계탕 닭튀김 같은 거겠지만 금방 마음이 바뀌겠죠. 이건 누구나 쉽게 떠올릴 거고 맛도 비슷할 거야. 뭐 좀 '다른' 요리가 없을까? 여기저기 레시피를 찾아보기도 하고 할머니나 엄마한테 물어보기도 하겠죠. 다양한 나라의 요리도 검색해볼 거고. 그러고 나서는 궁합이 맞는 재료를 구하겠죠. 대파 양파 감자 따위 부재료와 마늘 참기름 고춧가루 등의 양념. 계량컵을 사용할 수도 있고 눈대중으로 할 수도 있겠죠. 보글보글 지글지글 불과 만나 요리가 완성되면 어떤 그릇에 담을까도 중요하겠죠. 어떤 테이블보를 깔까도 중요하고. 무엇보다 누구와 함께 먹는 요리인가도 매주 중요하죠. 동일한 글감을 들고 여러분이 해야 하는 일도 이와 비슷합니다. 글을 풍성하게 하려면 내 경험을 바탕으로 자료를 찾고 비슷한 글감으로 이미 나온 책을 뒤적거려보고 다른 사람들의 이야기를 취재하는 것도 좋겠죠. 어떤 이야기를 쓸지 결정되면 등장인물을 선택하고 시공간을 확보해주고 장르도 선택해야겠죠. 에세이일 수도 있고 희곡일 수도 있고 서간문 형식일 수도 있고. 그렇게 쓴 글이 오늘 우리들의 테이블에 올라오는 거죠. 자, 맛을 봅시다."

'나의 사적인 에로티시즘'. 이 글감을 내보낸 데에는 아마도 그럴 만한 이유가 있었을 거다. 연애와 파탄과 사랑과 이별과 섹스야말로 인류의 가장 오래되고 끈질긴 관심이며 모든 예술의 원천 아니던가. 글방러들 역시 이 주제를 피해 갈 수 없었는데 십대 후반에서 이십대 초중반의 글방러들은 주의 깊고 조심스럽게 이 이야기를 다루었다. 이 말인즉슨 이야기를 하고 싶긴 한데 어디까지 할 것인가를 두고 약간의 머뭇거림이 보였다는 거다.

이럴 땐 승부수를 던지는 편이 좋다. 나의 '사적인' 에로티시즘. 그러니까 딴 사람들이야 어떻든 간에 지극히 개인적인 '나'의 이야기를 써 오면 된다. 물론 글방에는 합의된 원칙이 있다. 글과 글쓴이를 구분할 것, 작가는 세상의 모든 이야기를 다루는바 글 속에 광인과 살인범과 도둑과 사기꾼이 나와 자기 이야기를 한다 하더라도 그 목소리는 글 속 등장인물의 것임을 알고 맥락 속에서 읽어낼 것, '나'라는 1인칭을 쓴다 하더라도 글쓴이 자신이 아니라 그가 만들어낸 허구의 인물임을 잊지 말 것, 설사 자전적인 글이라 하더라도 글에 '사실' 그 자체는 있을 수 없고 작가의 시선으로 재구성한 사건만이 있음을 명심할 것 등등.

역시나 글방러들은 승부에 제대로 맞설 줄 알았다. 내가 검을 꺼내 들자 그들 역시 검을 뽑았다. 시작은 미스빈이었다. 신중하되 날카롭고 배려 깊되 독립적이던 미스빈이 가져온 「욕정 처자 성장기」는 어머나, 우리 안의 어떤 경계를 확, 허물어버렸다. 웃음을 참느라 얼굴이 시뻘게져 고개를 못 드는 글방러도 있었다. 글은 이렇게 시작됐다.

흥, 늦되긴. 어렴풋이, 나도 그런 거 모르는 순결한
소녀였던 시절이 있긴 있었던 것도 같다.

될성부른 나무는 떡잎부터 알아본다고, 미스빈은 초등학생 때부터 욕정덩어리였던 것이다. 그러나 이 나라에 자라 나는 새싹인 초등학교 어린이가 벌써부터 색욕을 갖는다는 것은 위험한 일이라는 걸 스스로 알아챘다. 그즈음 어느 신문에 연재되던 '하일지판 아라비안나이트'를 탐독하며 자꾸만 신문과 친하게 지내려는 미스빈에게 어머니가 자꾸 눈치를 줬기 때문이다. 게다가 아라비안나이트 연재가 끝나버린 후로는, 컴퓨터에 익숙지 않은 초등학생의 힘으로 욕정을 채울 거리를 찾기 쉽지 않았던 것이다. 미스빈의 글은 "아아, 쾌락을 느낄 줄 아는 몸은 있으되 사회와 콘텐츠가 받쳐주질 않는구나"라는 탄식으로 이어지더니, 스스로 야설을 집필하던 중 어머니에게 들켜 혼이 나고 그럼에도 '자생적 욕정 처자'로 살아가는 이야기를 유쾌하게 풀어나갔다.

그날 우리가 공유한 것은 '어, 여기까지 써도 되는 거야?'에 대한 공감이었다. 미스빈의 글은 그러니까 금기와 위반을 두고 '어디까지 쓸 것인가?'를 질문하는 글이었다. 사람의 욕망은 어떤 면에서 대동소이하다. 자라면서 우리는 마음의 이야기를 적절히 감추고 비틀고 때로는 외면하는 법을 배운다. 예술은 그 숨기고 피하고 입 다물었던 것을 드러내는 일이라고 나는 종종 글방에서 이야기했다. 누군가가 "죽여버리고 싶어 아버지"라고 썼을 때 대부분의 사람은 놀란다. 그렇게 글을 쓴 이가 비윤리적이어서가 아니라 자신도 그런 생각을 한 적이 있기 때문에. 다만 말하지 않았을 뿐 깊고 깊은 심연에 가라앉혀놓은 이야기를 누군가가 글로 꺼낼 때 독자는 비로소 나만 그런 게 아니었구나, 내가 패륜아나 별종이나 개망나니가 아니었구나, 하며 작가에게 동류의식을 느끼고 안심하며 가슴을 쓸어내린다. 그와 동시에 인간이란 무엇인가에 대해 집요한 탐구를 하게 된다.

글을 쓰는 일은 재능보다, 성실함보다, '용기'에서 비롯된다고 나는 종종 글방러들에게 말하곤 했다. '어디까지 쓸 것인가'는 '내 마음의 우물을 어디까지 들여다볼 것인가'라는 말로 바꿔 쓸 수도 있을 것이다. 나도 모르게 내 안에 차곡차곡 입력된 관습과 지식과 정치와 경제와 윤리의 체계를 의심하고 살짝 깨물어 부수어보기도 하고 와장창창 깨트려버리기도 하고 심지어 '다른' 이야기를 할 수 있는 자가 작가라고, 나는 스스로 두려워하면서, 말하곤 했다. 16세기에 지구가 우주의 중심이 아니라고 말하는 것은 목숨을 내어놓는 일이었다. 21세기, 지금 목숨을 내어놓고 말해야 하는 건 무엇인가? 혹은 어떤 이야기를 했을 때 주류의 시스템이 이를 부인하고 두려워하고 때로 작가를 위협하는가? 이야기의 핵심은 거기에 있을 것이다. 위반의 대가를 치를 용기, 그것을 함께 기르자고 글방 같은 걸 계속하는 거라고 예나 지금이나 나는 생각한다.

어쨌거나 미스빈의 「욕정 처자 성장기」는 당시 글방에서 어떤 봉인을 해제해버렸다. 이어진 나마의 「햇빛반 선생님의 은밀한 매력」은 엉덩이에 관해 쓴 것으로, 이야기는 이러했다.

유치원생 시절, 나마는 밤마다 잠은 안 오는데 다음 날 아침이면 일어나서 유치원은 가야 하는 게 답답했다. 그러다 언제부턴가 잠이 안 오면 선생님의 엉덩이를 상상했다. 단순히 엉덩이를 떠올리는 것이 아니라, 어떤 짧은 상황을 그려 보는 것이었다. 공간은 유치원이었고 등장인물은 선생님, 원장님과 원감님, 그리고 햇빛반 아이들이었다. 아이들이 유치원에서 뭔가 잘못을 했는데 선생님이 대신 벌을 받겠다고 나선다. 그러고는 바퀴 달린 병원 침대에 엎드린 채로 원장실로 실려 간다. 원장님은 원감님 뒤에서 무표정으로 서 있고 원감님은 엄청 화가 난 채 한 손에 곤장을 들고 있다. 선생님이 침대에 실려 들어가면 원감님은 문을 잠그고 선생님 바지를 벗겨 엉덩이를 곤장으로 친다. 선생님은 아프지만 꾹 참는다. 나마는 이 상상을, 내용도 변함없이 수십 번도 더 했다고, 아니면 이 상상이 너무 강렬해서 스스로 굉장히 많이 했다고 여기는지도 모르겠다고 썼다. 이 상상을 할 때마다 코가 간질간질하다가 선생님 바지가 벗겨지는 순간에 재채기가 나왔다고 썼다.

글의 마지막에서 나마는 말했다. 사춘기 때보다 유치원 시절이나 초등학교 저학년 때 자신은 더 변태였는지도 모른다고. 변태變態에는 크게 두 가지 뜻이 있다. 비정상적인 성행위를 하고자 하는 성적 욕망, 그리고 동물이 성체와는 모양이나 기관, 생태가 전혀 다른 유생의 시기를 거치는 경우에 유생에서 성체로 변함 또는 그 과정. 나마의 변태는 어느 경우에 해당할까. 구별과 구분, 정상과 비정상의 경계를 어렴풋이 이해해야 했던 유치원생들에게 변태의 경험이 어떤 식으로든 한두 가지는 있을 것이고 나마의 글은 그 지점을 짚어낸 거라고 그날 합평회에서 이야기했다.

「원피스를 위한 나라는 없다」도 기억에 남는 글이다. 원피스를 너무 입고 싶지만 엄마의 반대에 부딪혀 좌절하는 여섯 살짜리 남자아이 이야기였다. 그 아이가 지금은 자라서 키가 190센티미터 가까이 된 큐라서, 왜 남자는 원피스를 입을 수 없냐고 울부짖는 포효가 훨씬 더 재미있었다. 우리는 큐에게 글방에 오는 날 원피스를 입고 오는 건 어떠냐며 진심으로 제안했다.

'나의 사적인 에로티시즘'은 원래 한 주짜리 글감이었으나 글방러들의 요청에 따라 한 달 가까이 붙들고 쓰게 되었다. 글방은 느슨한 형태의 모임이라 매번 한두 명 빠지는 게 일상적이었는데 어쩐지 그 한 달만은 단 한 사람도 빠지지 않았다. 매번 조금쯤 상기되고 설레는 표정으로 서로의 원고를 받아 들었고, 원고를 읽는 동안 누군가는 웃음을 참지 못해 입술을 깨물고 누군가는 호흡 조절에 실패해 큽, 콧소리를 내고야 말았다. 간질간질 웃기고 속이 뻥 뚫리고 이야아 끝내주는데, 하는 글이 매주 나왔다. 서로에게 한 발 성큼 다가가는 시간이기도 했다. '글방에서 나오는 이야기는 글방에서 끝내자'라는 글방의 암묵적 규칙을 철저히 지키면서, 우리는 마음껏 쓰고 마음껏 말하고 깨끗이 덮었다. 금기의 기원, 해묵은 윤리와 도덕에 대한 통렬한 비판, 여자의 몸에 깃든 싱싱한 야심, 남자의 몸에 깃든 달콤한 부드러움, 여성으로도 남성으로도 분류되지 않는 N개의 성, 권위에 대한 도전, 위반과 탈굴종. '나의 사적인 에로티시즘'이라는 글감은 수많은 이야기로 확장되고 흐르고 치환되었다.

그 중심에는 미스빈이 있었다. 솔직하고 정직하고 정확하게 스스로를 드러낸 미스빈의 글 덕분에 다른 글방러들의 글도 한 단계 도약할 수 있었다. 때로 한 편의 탁월한 글은 다른 사람들의 정신을 고양시키고 문화적 카오스를 만들어내며 양적 성장을 넘어 질적 변화를 일으킨다. 글방이 활활발발해지는 순간이다.

어라, 뭐지, 이 글?

울리에게 문자가 왔다.

−어딘, 저 처음으로 원고 청탁 받아서 글을 써봤는데 짧게 코멘트해주실 수 있을까요?

−네, 보내주세요. 어디에 실리는 글이에요?

−청탁한 곳은 사진잡지이고 글감은 '사진으로 담을 수 없는 순간'입니다.

−쉽지 않은 글감이네요.

−네 맞아요, 어려워요.

곧 울리가 글을 보내주었다.

"부모님은 종종 시궁쥐에 대해 말했다"로 시작하는 울

리의 글은 정밀한 묘사와 엉뚱한 시도, 나름의 상상이 버무려져 있었다. 문장은 안정적이나 내용은 기이하고, 산만한 듯한데 끝까지 읽게 하는 힘은 있는, 지금 울리의 상태를 잘 보여주는 심상의 회로 같았다. 울리에게 전화를 걸어 소감을 전하다가 첫 문장에 관한 이야기를 나누게 되었다.

"음, 청탁을 받았다면 매체에 대한 고민을 하는 게 중요한 거 같아. 내 글이 어디에 실리는가는 어떻게 쓸 것인가와 연관이 안 될 수가 없으니까. 원고 매수도 정해져 있고 잡지의 성격도 있을 거고 그 안에 내가 하고 싶은 이야기를 쌈박하게 담아내야 하잖아. 전작으로 출판을 하는 거라면 독자도 마음 잡고 내 책을 선택하고 읽어내려는 의지를 갖는 건데 잡지라면, 음, 여러 다양하고 쟁쟁한 글 가운데 하나니까 조금 더 전략적인 글쓰기가 필요하다고 생각해. 첫 문장에 집요하게 공을 들여야 하는 이유지. 어쨌거나 네 글 앞에 독자의 발걸음을 멈추게 하는 것이 중요하니까. 어라, 뭐지, 이 글? 같은 느낌을 일단은 들게 하는 첫 문장이면 좋을 듯해."

"맞아요 어딘. 그렇지만, 그렇기 때문에 어려워요. 어딘은 첫 문장이 강렬했던 글이나 책으로 뭐가 있었어요?"

"음, 최근엔 마리아 포포바의 『진리의 발견』. 첫 문장으로만 한 페이지를 넘겨. 그러니까 글을 시작하고 다음 페이지에서 마침표가 처음 나오는, 야심 찬 첫 문장이지. 과학과 여성과 문학을 다루겠다는 정보가 은유적으로 포함되어 있는."

"아주 긴 첫 문장이네요."

"위험한 시도이지만 잘만 쓴다면 승산이 있겠지. 그 첫 문장을 읽고 책을 샀거든. 『토지』도 첫 문장이 인상적인데."

"찾아볼까요? 이거 같아요 어딘, 이렇게 시작되는 거 맞아요? '1897년의 한가위, 까치들이 울타리 안 감나무에 와서 아침 인사를 하기도 전에, 무색옷에 댕기꼬리를 늘인 아이들은 송편을 입에 물고 마을 길을 쏘다니며 기뻐서 날뛴다'*."

"맞아. 다시 들어도 뭔가 파릇파릇하네. 선명하고 생생한데 어쩐지 살짝 불안한 기운이 감돌기도 하고. 어쨌거나 첫 문장은 복선과 암시를 품고 있어도 좋고 전체 글의 톤을 잡아주는 기능을 해도 좋고 시치미를 딱 떼도 좋은 거 같아. 이런 글을 생각하신다면 천만의 말씀 만만의 콩떡이죠 하고. '부모님은 종종 시궁쥐에 대해 말했다'도 좋은 첫 문장이라고 생각해. 어떤 이미지 하나를 허공에 띄운 거 같거든. 과연 이 이미지가 무엇으로 확장되고 진화할 것인가, 궁금증을 유발시키고."

우리는 첫 문장에 대해 조금 더 떠들다 전화를 끊었다. 양치를 하고 가습기에 물을 채우고 따뜻한 물을 한 모금 마시고 자리에 누우니 울리에게 보내주고 싶은 첫 문장들이 몇 개 떠올랐다.

어느 날 아침 뒤숭숭한 꿈에서 깨어난 그레고르 잠자는 자신이 침대에서 흉측한 모습의 한 마리

---

* 박경리, 『토지』, 마로니에북스, 2012.

갑충으로 변한 것을 알아차렸다.[*]

그래, 이 문장을 이야기했으면 좋았을 텐데.『변신』의
첫 문장은 사실 두 가지 마음이 들게 하지. 벌레로 변한 인
간 이야기라니, 우울하고 눅눅할 게 뻔해서 읽고 싶지 않거
나, 그래도 카프카, 인생에 한 번은 하는 기분으로 읽어 내려
가거나. 사실 나는 주인공의 이름에 끌렸다. 그레고르 잠자
라니, 벌레로 변신하기에 어울리는, 괴랄하기 그지없는 이름
아닌가. 내가 체코 사람이 아니어서일 수도 있지만. 어쨌거
나 울리의 글과 맞닿는 부분도 있으니 문자라도 보내야겠다.
보내는 김에『롤리타』의 첫 문장도 같이 보낼까.

롤리타, 내 삶의 빛, 내 몸의 불이여. 나의 죄,
나의 영혼이여. 롤-리-타. 혀끝이 입천장을 따라 세
걸음 걷다가 세 걸음째에 앞니를 가볍게 건드린다.
롤.리.타.[**]

말도 많고 탈도 많지만 잊을 수 없는 첫 문장인 것만은
사실이다. 문득 글방 동지들은 첫 문장에 대해 어떤 생각을
가지고 있을까, 궁금했다. 늦은 밤이었음에도 나는 문자를
보냈다.

---

[*] 프란츠 카프카,『변신』, 홍성광 옮김, 열린책들, 2009.
[**] 블라디미르 나보코프,『롤리타』, 김진준 옮김, 문학동네, 2013.

-첫 문장과 관련한 생각이 있다면?

자지 않고 있던 몇몇이 답장과 함께 글을 보내왔다.

"믿기 어렵겠지만 나에게는 네 개의 팔이 있다."

이 문장은 내가 쓰고 있는 글의 첫 문장이다.

섹시한 첫 문장으로 내 글을 꼽다니, 뒤통수가 조금

따갑지만 한번 얼굴에 철판을 깔아보련다.

번번이 실패하지만 매번 새로운 글을 쓸 때면 가장

공들이는 부분이 첫 문장이다. 내 글을 읽는 독자의

동공이 아주 조금이나마 커지게 하겠다는 심정으로

첫 문장을 쓴다. 그건 내 머릿속 깊숙이 박힌 어딘의

가르침이기도 하다.

"독자들이 엉덩이 붙이고 글을 계속 읽게 하려면

첫 문장이 섹시해야 돼 얘들아."

작가라면 하고 싶은 말과 그 말을 어떻게

전달할지를 함께 고민해야 한다는 것을 나는

어딘에게서 배웠다. 이 고루한 말을 어딘은 저 한

문장으로 압축했다. 그때 나는 허리에 조금 힘을

주고, 자세를 바르게 했던 기억이 난다. 어딘의 말을

나는 또 다른 글방에서 조금 변형하여 말한다. 나는

어딘의 자리에 앉아 이렇게 말한다(정확히는 '쓴다').

"많은 작가가 공을 들이는 부분 중 하나가 제목과

첫 문장인데요. 그 많은 책 또는 글들 가운데서 자기

글이 독자에게 선택되려면 어떻게 해야 할까요? 네,

제목과 첫 문장을 섹시하게 쓰는 겁니다. 독자들이
안 읽어보고는 못 배기게끔 하는 거죠. 물론 뒤로
갈수록 글이 엉망진창이라면 그것도 문제이지만,
아무튼 제목과 첫 문장은 여러분과 독자가 마주하는
첫 번째 만남입니다."

물론 나는 어딘처럼 인상적으로 말할 수 없다.
하지만 그때 어딘글방에서 내가 받았던 충격과
번뜩이는 통찰을 다른 누군가와 조금은 나눌 수
있다면 그것만으로 충분하다.

아, 맨 위의 문장은 『사이보그가 되다』라는 책을
읽고 쓰는 서평의 첫 문장이다. 나로서는 약간
섹시하다고 느끼는데 독자들은 어떻게 받아들일까?
조금은 떨리고 두려운 마음으로 다음 문장으로
나아간다.

훈훈이 보내온 글이다. "나에게는 네 개의 팔이 있다"라
니, 『사이보그가 되다』라는 책의 서평으로는 더없이 훌륭한
첫 문장인데. "간단한 질문에 한 편의 글을 보내주다니, 역시
훈훈!"이라고 답장을 보내고 있는데 테일러의 글이 도착했다.

"버려진 섬마다 꽃이 피었다."*
『칼의 노래』의 첫 문장을 떠올리면 남해안을 따라
길게 줄지어 선 섬들이 눈앞에 보이는 것 같다.
거문도 청산도 완도 생일도 초도 연도 매물도,

그곳의 희비극과 동물 식물 인간들의 수만 년
동안의 고군분투가 잇따라 떠올라 눈을 감고 그들을
생각하려 한다.

"해는/이곳에 와서 쉰다/전생과 후생/최초의
휴식이다."**

「와온 바다」의 첫 시구를 읽고 나면 바다가
그리워서 안달이 난다. 완벽하게 쉬고 싶다. 몸이
나에게 요구한다. 바닷바람이 파도 소리가 비린내가
그리워 한달음에 가까운 바다로 달려가 태양이 쉬러
가는 뒷모습을 보고만 싶다.

"서른까지 사는 사람은 많지 않았다/오래 사는
것은/돌과 나무의 특권이었다."***

「우리 선조들의 짧은 인생」의 첫 대목에서는
어쩐지 이번 생에 할 일을 다했다는 마음이 든다.
여분의 삶이니까 용감해지자고도 생각해본다.
길어지기도 하고 짧아지기도 하는 인간의 시간에
대해서, 그에 따라 제한되거나 자유로이 펼쳐졌을
나와 우리의 시간에 대해서 자세히 알고 싶다.

『칼의 노래』는 여수에서, 「와온 바다」는 순천에서
읽었다. 쉼보르스카의 「우리 선조들의 짧은 인생」을

---

* 김훈, 『칼의 노래』, 문학동네, 2012.
** 곽재구, 「와온 바다」, 『와온 바다』, 창비, 2012.
*** 비스와바 쉼보르스카, 「우리 선조들의 짧은 인생」, 『아들아, 외로울 때 시를 읽으렴』, 신현림 엮음, 사과꽃, 2018.

읽곤 폴란드 야기엘론스키대학에 갔다. 폴란드의 돌과 나무와 강이 더 친근해 보였다. 이제 이 첫 문장들은 함께 여행했던 동료들까지 떠오르게 한다. 좋은 첫 문장들은 섬으로 바다로 수천 년 전으로, 다른 시공간 속으로 나를 데려가버리고 만다.

나도 그랬다. 여수에서 서울로 올라오는 기차에서 『칼의 노래』를 읽었다. 걷잡을 수 없이 빠져들어 읽다가 서울역에 내려 생각했다. 불행한 작가군, 인생의 걸작을 써버리고 말았어. 그러고 보니 테일러가 읽었던 글을 나도 늘 함께 읽고 있었다. 『백년의 고독』을, 『거미여인의 키스』를, 『영혼의 집』을, 『달콤 쌉싸름한 초콜릿』을, 함께 남미를 여행하며 읽었다. 아, 모두 첫 문장이 인상적인 책들이다. 인상적이지 않은 첫 문장도 있었나, 라는 생각이 들 정도다.
　　테일러의 답장을 한 번 더 읽고 있는데 띵동 알람이 떴다. 이번엔 사진이었다. 모두 다른 책 열 권의 첫 장을 사진으로 찍어 전송한 이는 조개였다. 『나목』, 『블러드차일드』, 『발자크와 바느질하는 중국소녀』, 『지하생활자의 수기』, 『빌러비드』…. 박완서부터 옥타비아 버틀러까지, 러시아 작가부터 중국 작가까지, 흑인 노예부터 동성애 이야기까지, 조개의 독서목록은 다양하고 풍성하고 광범하다. 아, 이렇게 좋은 첫 문장을 이렇게나 많이 맘에 품고 있다니. 장차 조개의 첫 문장이 안 좋을 리 없겠구나. 늦은 밤에 내 문자를 읽고 책장 앞을 서성였을 조개에게 답장을 보냈다.

–그래도 역시 이 문장이 압권이네요. '하나의 유령이 유럽을 떠돌고 있다.'

『공산당선언』의 첫 문장이다. 내 주변의 누구도 끝까지 안 읽었지만 첫 문장만은 기억하는 책. 마르크스와 엥겔스는 이 첫 문장을 쓰고 나서 쾌재를 불렀을까. 작가는 첫 문장을 쓰기 위해 밤을 지새우고 독자는 첫 문장을 읽는 순간 밤을 설친다더니 음, 이러다간 잠을 놓치고 말겠어, 뒤척이며 돌아눕는데 머릿속으로 한 문장이 선명하게 떠오른다. "프레젠트가 없는 크리스마스란 정말 시시해." 45년 전에 읽은 책의 첫 문장이다. 나는 열 살이었고 영어를 배우지 않았으므로 '프레젠트'가 뭔지 몰랐지만 다음 문장 다음 문장을 읽어나가면서 그것이 선물이라는 것을 알아챘다. 주황색 하드커버 계몽사 50권 전집 중의 한 권이었던 『작은 아씨들』. 45년이 지나도 여전히 나는 첫 문장을 소리 내어 외울 수 있다.

"프레젠트가 없는 크리스마스란 정말 시시해."
조가 양탄자 위에 드러누우며 투덜거렸다.
"가난한 건 지긋지긋해."
메그는 자신의 낡은 드레스를 내려다보며
한숨지었다.

내 인생의 '첫' 첫 문장이었다.

세상 한가운데 여자들의 이야기

"어느 인터뷰에선가 박경리 선생님이 이런 말씀을 하시더라. 『토지』를 쓸 때 길상이라는 인물에 애정이 가장 많으셨대. 사실 『토지』를 읽다 보면 길상이가 되게 매혹적이거든. 가슴 두근두근하게 하는 캐릭터지. 그런데 평사리 사람들이 모두 만주로 이주하는 2부로 가면서는 길상이가 잘 안 보여. 애정하며 따라가던 캐릭터인데 어느 순간 밋밋하고 평면적인 인물이 되어서 흠, 왜 이러지 하는 마음이 들거든. 오히려 거복이나 주갑이 같은 인물들이 훨씬 활활발발하게 살아 움직여. 근데 선생이 그러시더라고. 작가가 자신의 등장인물을 너무 사랑하면 그 인물은 망하더라고. 주갑이는 그냥 툭 던져

놓았는데 아주 그냥 신이 나서 저절로 살아가더라는 거야."

　글방에서 나는 종종 『토지』를 언급하곤 했다. 캐릭터를 만드는 과정이나 작가와 등장인물 사이의 거리 유지, 작가 정신, 여성주의 등을 이야기할 때 『토지』는 아주 훌륭한 교본이다. 『토지』의 등장인물 중엔 악의 축이나 초인, 한없이 선량하거나 사랑스러운 인물 따위는 없다. 남편의 동생과 사랑에 빠져 야반도주를 하는 별당아씨도, 그 빈자리가 탐이 나 칠성이와 음모를 꾸미는 귀녀도, 월선이를 그렇게 사랑하면서도 임이네의 유혹에 넘어가는 용이도, 서희와 정혼한 이상현의 아이를 갖는 봉순이도, 심지어 일제의 앞잡이 노릇을 하는 거복이조차도 마냥 미워하거나 마냥 비웃을 수 없다. 어떤 무쇠 심장에도 말로 다 할 수 없는 애틋함이 있고 어떤 연약한 마음에도 칼날 같은 강단이 있으며 어떤 관계에도 복잡다단한 맥락이 있다는 걸 『토지』는 여실히 보여준다. 시기와 질투, 용기와 배신과 사랑이 삶을 구성하는 중요한 요소이며 그것들을 잘 다루어 인간이란 무엇인가를 선명하게 드러내는 것이 작가의 솜씨라고 나는 종종 말하곤 했다.

　"좋은 사람과 나쁜 사람을 정확하게 구분할 수 있을까? 내 안을 잘 들여다보면 파렴치한 상상, 부끄러운 기억, 세속적인 탐욕, 고결한 이상, 순결한 박애 따위 온갖 욕망의 가지들이 삐죽삐죽 벋어 있지 않나? 작가는 그중에 어떤 것은 옳고 어떤 것은 그르다고 판단하는 것이 아니라 그 가지들을 있는 그대로 보여주는 사람, 이지 않을까. 어떤 가지에 꽃이 피고 어떤 가지는 바람에 부러지는지, 어떤 가지에 새가 앉고 어떤 가지가 깊이 옹이가 박히는지, 골똘하게 오랜 시간 들여다보노라면 나무가 나무 자체로 존재하는 것이 아니라 바람과 햇빛과 비와 흙과 벌과 나비와 벌레와 불과 연결되어 있다는 걸, 하여 나무가 그 이름이 나무일 뿐 세상의 모든 것들이 모이고 깃들여 이루어진 하나의 우주라는 걸 알게 될 때 비로소 읽을 만한 글을 쓸 손이 준비되는 거야. 세상 모든 사람이 손가락질하는 사람이라 하더라도 작가는 그이가 나쁜 사람이 되는 과정을 섬세하게, 촘촘하게, 선연하게 보여주는 사람이어야 한다는 것도 알게 돼. 그를 둘러싼 세계가 수면 위로 떠오르면서, 그로 인하여 우리가 사는 세상의 구도와 역학이 드러나니까, 그로 인해 세상의 윤곽이 뚜렷해지니까. 그중에 나는 어느 지점에 어느 비탈에 옹송그리고 서 있는지도 보이고. 벌을 보려 하니 꽃이 보이고 꽃을 보려 하니 열매가 보이고 열매를 보려 하니 새가 보이고 새를 보려 하니 하늘이 보이고 하늘을 보려 하니 구름이 보이고 구름을 보려 하니 비가 내리고 비를 피하다 보니 당신을 만났네요, 뭐 그런 거지. 경계를 구획하는 일은 그러므로 작가가 가장 경계해야 하는 일 중에 하나가 아닐까."

『토지』를 처음 읽은 건 열아홉 살 때였다. 대입학력고사를 치르고 점수가 원하는 만큼 나오지 않아 마음이 상해 괜스레 가족들한테 패악을 부리고 어쩐지 부끄럽고 미안해 이모 집에 갔을 때 책장에 『토지』가 있었다. 두꺼운 양장본 열 권

짜리 세트였다. 그 책을 어떻게 집으로 들고 왔는지는 기억에
없다. 사촌과 나누어 들고 왔겠지 아마도. 그날부터 "현아 밥
먹어라"라는 소리가 들리기 전까지 『토지』만 읽었다. 새벽까
지 읽고 아침에 일찍 일어나 읽었다. 기품과 위엄으로 집안을
다스리는 윤씨 부인, 차갑고 이지적인 최치수, 질투가 일 때
면 눈알에 파란 불꽃이 일렁이는 강청댁, 생명력으로 눈부신
임이네, 속 깊고 올곧은 함안댁, 무당의 딸 월선이, 뻔뻔하고
몰염치한 조준구, 신여성 임명희…. 시험 점수 따위는 생각도
나지 않았다. 아무 대학쯤 가도 인간의 운명으로 살아가기는
마찬가지겠군, 마음이 가벼워지고 발랄해져서 방학이면 늘
다니곤 하던 서실을 향했다. 엄마가 써달라는 『반야심경』을
서른 장쯤 쓰고 나니 스무 살이 되어 있었다.

　"『장길산』도 『임꺽정』도 『태백산맥』도 모두 걸출한 대
하소설들이지. 멋지고 위트 있고 기운 세고 용맹하고 지적인
남자들이 그들이 꿈꾸는 세계를 위해 싸우고 다치고 죽고 헌
신하고 기여하는 동안 여자들은 그들을 사랑하고 위로하고
도와. 물론 때때로 남자보다 더 남자처럼 싸우는 여성이 등
장하기도 하지만 근사해 보이기보다는 유별스러워 보여. 『토
지』만의 차별성이 여기에 있는 것 같아. 『토지』에서 여자들
은 자신의 욕망을 위해 악을 쓰고 쟁투하고 고뇌하고 연대
해. 아이를 기르고 밥을 하고 빨래를 하고 김치를 담그고 옷
을 짓지. 한 시대를 견디어내기 위해선 대의와 명분과 총과
검과 지략과 우정과 전우애 외에도 바느질과 육아와 요리와
병수발과 부뚜막 청소도 필요하다는 걸 치열하게 보여주는

소설이 『토지』라고 나는 생각해. 세상을 보다 입체적으로 보여주는. 왜곡 없이 굴절 없이."

대학의 방학은 길고 길어서 대하소설을 읽기에 좋았다. 열 권쯤 되는 이야기를 쓰는 작가라면 탁월한 이야기꾼들이라 읽는 동안은 집중해서 줄거리를 따라가지만 마지막 문장을 읽을 때쯤이면 아쉬움이 남았다. 닮고 싶은 여자가 없었다. 총명하고 씩씩한 여자들은 이야기가 전개될수록 비중이 줄거나 표정이 희미해졌다. 그들이 펼쳐 보이는 세상의 한가운데는 좋은 놈 나쁜 놈 이상한 놈들이 용쟁호투를 벌이며 활보하고 여자들은 세계의 끝에서 남자들을 기다리거나 눈물 흘리거나 상처 입은 사나이들을 위해 몸과 마음을 헌정했다.

"『토지』에서 가장 감동적인 부분은 서희가 두 아들에게 아버지의 성이 아니라 자신의 성을 물려주는 거야. 최서희의 아들 최환국, 최윤국. 요즘으로 치자면 래디컬 페미니스트인 셈이지. 급진적이기 이를 데 없지만 사실 『토지』를 이야기할 때 이 부분을 말하는 사람은 거의 없어. 박경리 작가를 여성주의 작가라고 말하는 평론가들도 거의 없지. 사실 『토지』에는 세상의 모든 여자들이 등장한다고 해도 과언이 아닌 거 같아. 6백 명의 등장인물 중에 절반은 여성이니 그 캐릭터의 다양성과 혼종이 얼마나 잘 드러나겠어. 여성의 연대와 우정도 곳곳에서 일어나. 서희의 할머니인 윤씨 부인과 간난할멈의 경우는 생사고락을 같이하는 사이지. 윤씨 부인이 동학도 김개주의 아이를 임신했을 때 비밀리에 아이를 낳는 것을 돕고 끝까지 그 비밀을 지키는 사람이 간난할멈이거든."

　스스로의 삶을 관장하며 주체적으로 사는 여자들이 등
장하는 이야기, 야망을 갖는 여자들과 그 야망을 실현하는
여자들을 보여주는 이야기, 세상의 관습과 기준을 뛰어넘는
삶을 사는 여자가 불행하지 않은 결말을 맞이하는 이야기,
이를 드러내며 싸우지만 위험에 처했을 땐 동맹하여 공동의
적과 싸울 줄 아는 여자들의 이야기, 기대고 의지할 여자가
있는 여자들의 이야기, 여성주의 글쓰기가 그런 거라면 『토
지』는 그 전범이 될 것이다. 좋은 여자 나쁜 여자 이상한 여
자들이 세상의 한가운데서 때로는 기운차게 때로는 용맹하
게 때로는 주춤거리고 서성이며 환한 빛 사이를 뛰어다닌다.
　"『토지』에서 또 하나 매우 감동적인 부분은 서희가 봉순
이의 딸을 양녀로 받아들이는 대목이야. 몸종(이라고 정의하기
엔 다정하고 살가운 유년의 자매 같은) 봉순이가 서희의 정혼자
였던 이상현의 아이를 낳고 죽었을 때 서희는 그 아이를 자
신의 딸로 입양해. 그 아이는 서희의 두 아들인 환국과 윤국
과 함께 서희의 딸로 자라. '우리'의 딸로 키우는 거지. 계급
의 경계를 허물고 가족의 개념을 확장해버리는 거야. 아무
일도 아니라는 듯 혁명을, 그러니까 철벽처럼 견고한 윤리와
관습을 부드럽게 엎어버리는 거야, 여성의 연대로. 그러니
여러분 『토지』를 읽어보는 건, 음, 아무래도 어렵겠죠, 그래
요 너무 길어요. 그래도 혹시라도 긴 시간이 홀연 도래한다
면 『토지』를 한번 읽어보시길, 부디."

2부

글도 잘 쓰고 일도 잘 하는
입맛 좋은 소녀들

시도이자 예감이자 미래인

"룩, 너 몇 개째 먹고 있는 거야?"

토스터에서 갓 꺼내 바삭바삭 고소한 빵에 버터와 잼을 열심히 바르고 있는 룩에게 물었다.

"여섯 개째요."

"계란도 먹었지?"

"네, 두 개 먹었어요. 후라이 하나, 삶은 거 하나."

민소매 셔츠를 입고 주스를 벌컥벌컥 마시며 룩이 대답했다.

"저는 여덟 개쨌데요."

여탐이 말했다.

이른바 '신라여행스쿨'을 위해 우리는 경주에 머물고 있었다. 대릉원 근처의 운치 있는 한옥 게스트하우스는 아침으로 빵과 계란과 우유와 주스를 제공했다. 성찬을 즐기듯 거하게 아침을 먹은 소녀들은 간단히 짐을 꾸린 다음 근처의 자전거포로 향했다. 매일매일 찾아오는 소녀들이라 자전거포 아저씨도 익숙한 인사를 건넨다. 힘차게 페달을 밟으며 하루를 시작한다.

'여왕의 길', '향가 자전거길 지도 만들기', '화랑 인사이드'가 우리의 프로젝트였다. 일주일 동안 「안민가」, 「헌화가」, 「원왕생가」 등 향가와 연관된 장소를 탐사하고 여왕과 관련된 유적지를 찾아다니고 화랑의 이야기가 묻혀 있는 터를 답사했다. 아침 8시에 자전거를 타기 시작해서 저녁 7시나 8시쯤 다시 자전거포로 돌아오는, 나름 강행군의 연속이었지만 책으로 강의로 공부한 내용이 현장과 만나는 즐거움이 있었다.

땀을 뻘뻘 흘리며 우리는 7월의 경주를 누비고 다녔다. 선덕여왕의 무덤을 찾아가서는 꽃과 포도와 자두와 복숭아를 바쳤다. 무덤을 돌며 천년도 훨씬 더 전의 그녀에게 노래를 선물했다. 진덕여왕의 무덤은 찾기가 만만치 않았다. 인터넷이 없던 시절이라 경주시청 문화관광과에 전화까지 해서 겨우 찾아갔다. 진덕여왕 무덤까지 찾는 여행자는 흔치 않을 터, 다른 왕릉에 비해 허술했다. 우리는 무덤 위의 잔가지들을 치우고 삐죽삐죽 솟아난 잔디를 정리했다. 역시나 노래와 춤을, 적적했을 여왕에게 헌정했다. 아들이 없을 경우

사위를 왕으로 책봉했던 전례를 무시하고 자신의 딸을 후계자로 임명한 진평왕의 묘에 갔을 때는 소녀들이 능 위로 올라가 아버지 아버지 저희가 왔어요, 아버지 너무 재밌어요 깔깔깔, 미끄럼을 탔다. 애들아 얼른 내려와 너희 문화재법 위반이야 빨리 내려오라고. 다행히 주변에 아무도 없었다.

점심은 그날의 탐방지 옆에 있는 식당에서 먹었다. 자전거를 타고 춤추고 노래하고 강의 듣고 토론한 뒤에 먹는 밥은 꿀맛이었다. 이모, 여기 공깃밥 추가요, 이모 여기도 공깃밥 하나 더 주세요. 소녀들은 참 잘도 먹었다. 반찬 투정이나 편식 따위는 그녀들 사전에 없었다. 종일 자전거를 타고 돌아와서는 저녁밥을 해 먹었다. 칼국수에 부침개에 된장찌개에 한 상을 차려 또 거하게 먹었다. 깔끔하게 설거지를 끝낸 입맛 좋은 소녀들은 그날의 여정을 정리 평가 토론하고도 밤늦게까지 속 깊은 이야기들을 나누느라 종종 새벽까지 잠들지 않았다.

입맛 좋은 소녀들은 자전거 체인이 빠지면 당황하지 않고 기름때를 묻혀가며 맨손으로 끼웠다. 입맛 좋은 소녀들은 소나기가 내려도 와하하하 웃으며 페달을 힘차게 밟으며 전진했다. 무지개가 종종 그녀들 앞에 떠오르곤 했다. 입맛 좋은 소녀들은 황혼이 지는 누군가의 무덤 앞에서 곧잘 넋을 놓고 해가 지는 곳을 오래 바라보았다.

신라여행스쿨을 함께한 이들은 '고글리' 멤버들이다. 고글리는 '고정희청소년문학상'에서 만나 '글'도 쓰고 문화작

업도 하는 사람들의 '마을ᄆᆞ'을 줄인 말이다. 창의적글쓰기 시절 우리는 종종 프로젝트를 맡아 실행했는데 그중 하나가 '고정희청소년문학상'이다. 시인 고정희를 기려 해마다 열리는 백일장으로, 전국의 청소년들이 참여하는 꽤 큰 규모의 행사였다. '또하나의문화'에서 주최하고 여차저차 내가 책임을 맡아 첫 행사를 치르는데 청소년들의 행사에 청소년이 스태프로 일하는 것도 괜찮겠다 싶어 창의적글쓰기 멤버들에게 함께 일해보지 않겠느냐고 제안했다. 시간과 여력이 되는 몇몇이 흔쾌히 마음과 몸을 냈다. 행사를 진행하는 과정에서 창의적글쓰기 멤버들과 고정희청소년문학상 참가자들 중 일부가 어찌어찌 융합하여, 그러니까 서로가 서로에게 반하여, 이듬해 고정희청소년문학상 모임을 함께 진행하기로 했다. 그리하여 고글리가 탄생했다. 창의적글쓰기와는 또 다른 모임이 만들어진 것이다. 물론 대부분이 창의적글쓰기 모임을 하면서 고글리 모임에도 참여하고 고글리에 관심 있어 왔다가 창의적글쓰기에 합류한 경우였다. 경계 없이 양쪽 모임을 넘나들며 하고 싶은 일과 해야 하는 일을 유연하게 잘도 해내던, 지금 말로 하면 '크루'였다.

고글리는 일주일에 한 번 만나 밥도 먹고 일도 하고 글도 썼다. 말한 순서 그대로다. 오후 5~6시쯤 만나 장을 보고 밥을 해 맛있게 먹고 설거지를 하고 나면 8시가 넘었다. 정작 본 모임 때는 꾸벅꾸벅 졸기도 했지만 우리는 이 순서를 포기하지 않았다. 밥을 잘 해 먹고 설거지를 깔끔하게 해내는 사람이 글도 잘 쓴다고 나는 매번 강조했다. 부엌에서 밥을 하는 동안 일주일의 근황이 오가고 그간의 관심사나 고민이 보글보글 끓고 우울과 근심이 잠시 뽀득뽀득 씻겨 나갔다. 맛있는 음식으로 기분 좋게 배가 채워지면 뾰족하던 마음도 뭉근해지고 너그러워졌다. 그 힘으로 고글리는 오랫동안 고정희청소년문학상을 진행하는 한 축으로 일했다. 청소년들과 함께 일하면서 나는 좋아하던 이들을 존경하게 되었다.

고정희청소년문학상은 여러 프로그램이 섞인 복잡한 행사였다. 해마다 6월이면 전국에서 예선을 거친 60~70명의 문학도들이 시인 고정희의 고향인 해남에 모였다. 2박 3일간 강의도 듣고 백일장도 하고 고정희 생가도 방문하는 '빡센' 일정을 고글리는 차질 없이 진행해야 했다. 밤에는 참가자들과 함께하는 다양한 워크숍도 열었다. 비슷한 또래인 고글리 멤버들이 어떻게 스태프로 일하는지 궁금해하던 참가자들은 이 시간에 이야기 나누고 때로 고민을 상담하고 종종 전화번호를 교환했다. 창의적글쓰기나 고글리로 오는 또 하나의 통로였다. 해마다 6월 첫째 주말에 열렸던 이 행사에는 백일장에 참가하는 청소년뿐 아니라 고정희 시인의 기일에 맞추어 문학기행을 오는 팀과 주최 측인 또하나의문화 관계자들까지 참여했다. 십대부터 육십대까지 다양한 세대의 사람들이 백여 명 넘게 모이는 자리였으므로 살피고 신경 써야 하는 일이 한두 가지가 아니었다. 고글리 멤버들은 또하나의문화 간사들과 함께 행사의 기획과 진행과 마무리까지 전 과정을 소화해냈다.

어느 해인가 행사 당일 새벽에 위경련이 일어나 해남에

갈 수 없는 상황이 발생했다. 고글리 중 한 명인 금강에게 전화해서 상황을 알리고 이것저것 떠오르는 대로 할 일을 체크했다. 전화기 너머로 비장한 목소리가 들렸다.

"어딘 걱정하지 마세요, 잘하고 올게요, 저희 걱정은 하지도 마시고 쾌차하셔야 해요."

울컥, 뭉클한 것이 올라왔다. 내 어린 동지들에게 용기와 의연함을. 그 사흘 동안 문득문득 중얼거리곤 했다. 행사를 잘 마치고 마무리 평가 회의에서 또하나의문화 간사가 말했다.

"너무 놀라워요, 어떻게 청소년들이 이렇게 일을 할 수 있죠? 하루 일정이 끝나면 아무리 늦어도 반드시 회의를 해서 그날 일정 꼼꼼하게 평가하고 다음 날 일정 확인하고 서로를 격려하고, 너무 놀라웠어요. 내 안에서 청소년에 대한 정의가 달라졌어요."

신라여행스쿨은 고글리와 함께한 출판 프로젝트다. 주제가 있는 여행을 하고 그 이야기를 책으로 내보기로 한 것이다. 경주 여행을 다녀온 그해 겨울, 우리는 무주에서 일주일간 책 작업을 하기로 했다. 현장을 다녀와 하는 공부는 다르다. 아하, 아하, 이해의 폭이 넓어지고 다양해진다. 가을 내내 원고에 필요한 책을 읽어내고 초고를 쓰느라 고군분투했지만 학교 다니랴 입시 준비하랴 진도가 잘 나가지 않았다. 책을 쓰기 위해서는 일정 기간 통째로 시간을 비워야 한다. 분절되고 나눠지지 않은, 온전한 몰입의 시간. 집중하고 몰두할 시간이 필요하다는 데 모두가 동의했다. 우리는 또하나 의문화 선생님들의 배려로 또문집이 있는 무주에서 원고를 마감하기로 했다.

무주에 내려서 우리가 가장 먼저 한 일은 장보기였다. 일주일 동안의 먹을거리를 잔뜩 장 봐서 도착한 또문집은 아주 좋은 글이 쏟아져 나올 것만 같은 공간이었다. 내일부터 열심히 원고를 써보자며 맛있는 저녁을 해 먹고 우리는 그만 어쩌다, 마피아 게임을 하고 말았다. 멈출 수 없는 게임이었다. 새벽까지 웃고 웃고 또 웃으며 마피아 게임을 했다. 내일 6시에 일어나려면 지금은 자야 하는 거 아냐? 누구든 한마디 할 수도 있었으련만 아무도 정신을 차리지 않았다. 다음 날 아침, 아니 그날 아침 6시, 놀랍게도 모두가 백팔배를 하러 나타났다. 간밤에 무슨 일이 있었냐는 듯 담담하고 고요하게 백팔배를 마치고 그날 식사 당번이 차린 정갈한 아침을 먹고 각자가 원하는 공간으로 흩어졌다. 마음이 견결한 자는 글을 쓰고 마음이 유연한 자는 잠을 잤다. 그렇게 해서 나온 책이 『로드스쿨러』다. 지금 봐도 맛있는 책이다.

입맛 좋은 소녀들은 글도 잘 쓰고 일도 잘했다. 사무실을 정리할 때 책 상자를 번쩍번쩍 들어 2층으로 옮기고 책장도 책상도 웃차 웃차 잘 날랐다. 스스럼없이 아낌없이 몸을 썼다. 내가 아버지 상을 당했을 때 장례식에 온 그녀들은 아무도 시키지 않았는데 일사불란하게 음식을 나르고 치우고 조문객의 신발을 정리했다. 숙모님이 물었다. "애야, 저 아이들은 누군데 저렇게 일을 잘하니? 놀랍구나." 상복을 입고 나는 물끄러미 그녀들을 바라보았다. 입맛 좋은 소녀들요, 속으로 대답했다. 장례식장을 분주히 다니며 쓸고 닦고 정리하던 그녀들은 막차 시간이 다 되어서야 갈 채비를 했다. 고마워, 배웅을 하는 나를 내 어린 동지들이 빙 둘러쌌다. 그리고 한 사람씩 나를 안아주었다. 사월의 바람 같은 포옹이었다. 다정하고 따사로운 것이 저 몸에서 이 몸으로 건너왔다. 차가웠던 아랫배에 온기가 돌았다.

밥 같은 거 잘 못해도 설거지 같은 거 잘 못해도 걸레 같은 거 깔끔하게 짜지 않아도 글을 잘 쓸 수 있을 것이다. 남의 아픔 같은 거 잘 알아채지 못해도 남의 수난 같은 데 조금 무심해도 좋은 글을 쓸 수 있을 것이다. 어떤 종의 절멸 같은 것 신경 쓰지 않아도 어떤 생명의 고통 같은 것 공명하지 않아도 당대의 작가가 될 수 있을 것이다. 다른 사람을 위해 한 끼 맛있는 밥상을 차릴 줄 아는 사람이 반드시 좋은 글을 쓸 수 있는 건 아닐 테다. 내 입에 맛있는 건 다른 사람 입에도 맛있다는 걸 안다고 잘 팔리는 책을 쓰는 작가가 되는 것도 아닐 테다. 내가 먹는 것이 곧 나임을 안다고 해서 감동적인 글을 쓸 수 있는 것도 아닐 테다. 입맛 좋은 소녀들은 어쩌다 나를 만나 밥과 글이 동등하다는 잔소리를 수도 없이 들었을 뿐이다. 밥과 글이 동등할 때 흑인과 백인이 어찌 평등하지 않을 수 있으며 밥과 글이 동등할 때 여자와 남자가 어찌 대등하지 않을 수 있으며 밥과 글이 동등할 때 노새와 토끼와 인간과 해와 달과 그림자가 어찌 동일하지 않을 수 있으며 밥과 글이 동등할 때 세상의 모오오든 것이 어찌 바람의 딸이고 아들이지 않을 수 있으랴.

올해는 고정희 시인의 30주기다. 입맛 좋은 소녀들과 나를 연결해준 시인. 겨우 마흔까지 살면서 열 권의 시집을 낸 시인, 여성주의 시인의 전범 같은 시인, 나이 들수록 래디컬해진 시인. 그녀의 시를 읽으며 자란 입맛 좋은 소녀들도 대부분 삼십대가 되었다.

글을 잘 쓰려면 밥도 잘하고 설거지도 잘하고 청소도 잘해야 한다는 내 말 따위는 잊어버렸거나 헛소리라는 것쯤 알아버렸을 것이다. 어쨌거나 저쨌거나 글방의 기원에는 입맛 좋은 소녀들이, 아, 그 총명하고 섬세하고 솔직하던, 그렇지만 한밤중에 맨발로 집을 뛰쳐나와야 했던, 고립무원의 절벽에 섰던, 견고한 벽을 향해 미친 듯 질주하던, 때로 으스러지고 부스러지던 나의 그녀들이 있다. 시도이자 예감이자 미래인.

그녀들의 눅눅한 지하방이, 오래된 책상이, 삐걱거리는 옷장이

어딘글방의 처음에는 리사와 담이 있다. 창의적글쓰기가 끝나고 어딘글방을 시작할 때 이십대 초반, 그러니까 스무 살 스물한 살의 그들이 전적으로 조직의 운영을 맡았다. 내가 한 일이라곤 수요일 저녁에 두어 시간 합평회에 참석한 것이 전부다. 두 사람은 홍보와 회원 관리와 재정까지 맡아 알토란같이 글방을 꾸려나갔다. 대학도 다니고 아르바이트도 하고 연애도 하고 밥도 해 먹고 친구들 뒤치다꺼리도 하느라 분주하기 짝이 없었음에도 정성을 다해 운영한 덕에 글방은 황금기를 맞이하고 있었다. 리사와 담과 조개와 땀과 홍조와 치와 울리와 아띠와 도로롱과 룩과 하마…. 그야말로 총명하고 용감하고 웃기는 여자들이 매주 한 편씩 빠지지 않고 글을 들고 왔다. 이야기의 샘이라도 하나씩 품고 있는지, 이야기를 잣는 물레라도 갖고 있는지, 매주 차곡차곡 쌓은 글이 언덕을 이루어갔다.

합평의 과정은 각자의 뇌 속에 있는 뉴런이 이야기의 다리를 타고 다른 사람의 뉴런으로 전달되고 번지고 옮겨붙고 교잡하는 시간이었다. 그 자유롭고 방자한 결합은 혼종과 이종과 잡종의 낯선, 이질적인, 전에 없던 것들을 만들어냈다. 절묘한 문장은 흥미로운 캐릭터는 실험적인 구성은 시냅스를 자극하고 축삭돌기를 흥분시켰다. 몸은 개별적으로 존재했지만 연접하고 맞물린 '우리들의 뉴런'은 고금과 동서와 무척추동물과 자웅동주와 백색왜성과 갠지스강의 모래알과 맞닿고 충돌하고 부서지고 얽히며 번어나갔다 섬세해졌다. 나무가 숲임을 파도가 바다임을 개체가 종種임을, 기쁨이 슬픔임을 슬픔이 기쁨임을 불현듯 홀연히 우리는 알아나갔다.

유럽에 와서 생각했어. 이 세계가 존나 전쟁 같다는 거. 나에게 팔레스타인은 언제나 먼 이야기였어. 그런데 이제는 난민에 관한 이야기들이 너무 가깝게 다가와. 내가 다닌 어학원에는 시리아를 포함해 여러 나라에서 건너온 난민들이 많았어. 나는 어쩌다가 팔레스타인 남자애를 좋아하게 되었지. 그러자 팔레스타인이란 나라는 나에게 완전히 달라져버렸어. 네이버 검색창에 매일 팔레스타인을 검색하게 되는 거야. 가자지구에서 무슨 일이 일어났는지. 몇 명이 다치거나 죽었는지. 한국에서는 제주도에 난민 5백 명 받는 것 가지고도 이 난리가 일어나는데, 세계적인 난민 문제에 대한 한국인의 인식이란 게 얼마나 협소하겠어. 베를린 전철에서 가끔씩 독일인이 중동 사람으로 보이는 사람에게 소리치는 걸 봐. 너네 나라로 꺼지라고 다짜고짜 소리를 질러. 그 옆에서 또 다른 독일인이 말려. 그런 말 하지 말라고. 그러다가 독일인들끼리 싸워. 그런 걸 자주 목격해.

한국에 있는 지인들에게, 팔레스타인 남자애를 좋아하고 있다고 말하면 얼마 후에 이렇게 물어봐. 그 파키스탄 남자애랑은 어떻게 됐냐고. 그들에게는 다 비슷비슷한 거야. 팔레스타인이나 파키스탄이나 카자흐스탄이나…. 하지만 나한테는 존나 다르단 말이야. 그들은 또 이렇게 물어. 독일에 유학 갔는데 왜 독일 남자를 안 만나고 팔레스타인 남자를 좋아하냐고. 난 그게 무슨 이상한 소린지 모르겠어.

—— 리사, 「연인들과 이방인들」

이야기는 다른 이야기를 만나 새로운 이야기를 만들어 냈다. 지극히 개인적인 이야기들은 지독히 정치적인 이야기가 되었다. 하찮고 보잘것없는 사적인 기록은 집단 무의식의 원형질이 될 것이며 오, 놀라지 마시라, 장차 인공지능의 전

두엽이 될 것이었다. 거침없고 과감하고 내밀하고 뻔뻔하고 위태롭고 고결한 이야기의 향연이 펼쳐지던 시기였다.

대학을 졸업하고 나니 또 집이 문제였다. 예술가를 대상으로 한 공공주택의 면접을 보러 갔다. 대부분 나이가 꽤 있어 보였다. 사십대 초반의 여성이 입을 열었다.

"연극을 하는데 원룸에 산 지 20년째예요. 모아둔 돈도 없고요."

지원자들은 하나둘 자신의 가난을 증명하고 경쟁했다. 이상했다. 내가 돈은 없어도 자존심은 있는데. 우리 다들 그런 예술가 아닙니까? 억울하고 화가 났다. 내 차례가 돌아왔다. 이런 면접은 이상하다며 자리를 박차고 나가거나 타협을 해야 했다. 고민하다 솔직하게 말하기를 택했다. 이곳이 가난을 증명하고 경쟁하는 자리가 되어서는 안 된다고, 복잡한 마음이지만 지금 나에게는 이 집이 꼭 필요하다고.

—— 룩, 「우리에게 '잘 곳'이 아니라 '살 곳'을」

끝에서 끝까지 열 걸음이면 닿는 작은 방에서 몹시 춥고 몹시 더운 옥탑방에서 미간을 모으며 써 오는 글들은 어쩐지 반들반들 윤이 나고 기름졌다. 좁은 부엌에서 보글보글 아삭아삭 요리를 해서 그녀들은 동무들아 오너라, 회포를 풀었다. 작고 남루해도 자기만의 방이 있을 때 세상의 모든 일은 복닥복닥 성사되고 진행됐다. '라디오글방'도 그녀들의 방에서 시작되었다.

"라디오를 한번 해보면 어때? 글방에서 나오는 이야기를 낭독하거나 그 글을 둘러싼 논쟁 같은 거 글방러들이 하면 재밌을 거 같은데."

어느 날 글방이 끝나고 툭 던지듯 이야기를 건넸다. 팟캐스트라는 것이 하나둘 시작되던 때였다. 리사가 곰곰 생각하는 표정을 짓더니 몇 주 지나지 않아 바로 오픈했다. 라디오글방. 추진력과 조직력에 실행력까지 뿜뿜인 여자들이었다. 녹음과 편집까지 일사천리로 해냈다(고 나는 알고 있기로 한다). 그 과정에서의 풍파와 간난신고는 세월이 흐른 뒤 듣기로 미루어둔다. 다 알지 않아서 아름다운 것들이 종종 있다면 다 알려고 하지 않는 것도 예의이리라.

첫 회는 어설프고 엉성했지만 한두 달 지나면서 라디오글방은 차츰 자리를 잡아갔다. 무엇보다 선곡이 일품이었다. 글만큼이나 음악에 대해서도 안목이 높은 이들이었다. 담의 시작 멘트와 함께 흘러나오는 음악은 다양하고 적절하고 때로 사무치고 때로 울렁였다. 지치고 고단할 때 라디오글방을 들으면 어쩐지 웃기면서도 눈물이 났다.

로드스꼴라 학생들과 함께 영국을 여행하던 무렵이었다. 브론테 자매의 컴컴한 집에서 제인 오스틴의 작은 책상 앞에서 베아트릭스 포터의 다락방에서 나는 종종 글방러들을 생각했다. 그녀들의 눅눅한 지하방이, 오래된 책상이, 삐

격거리는 옷장이, 자판 위 히읗(ㅎ)과 이(ㅣ)가 닳아서 희미해진 노트북이, 훗날 어쩌면 누군가가 오래 들여다보고 가만히 쓰다듬어볼 그런 것들이 될지도 몰라.

"음, 이제 그만 써도 될 거 같아."

내 말에 리사가 깜짝 놀라며 고개를 들었다. 아마도 반복적인 이야기를 한다는 뜻으로 들었나 보다. 맥박이 빠르게 뛰는 게 나한테도 느껴졌다.

"요 정도 분량의 글로는 뭘 쓰든 최고치를 경신하는 거 같아. 하산하라는 이야기야. 다른 장르의 글을 써보는 것도 도움이 될 거 같아. 소설을 써보는 것도 괜찮고 희곡을 써봐도 좋고. 글방을 벗어나서 다른 작가들에게 수업을 들어보는 게 도움이 되지 않을까? 공모전 같은 데 내보는 것도 좋고."

진심이었다. 당시 리사의 글은 손이 쓰는 글이었다. 머리도 아니고 가슴도 아니고 손이 쓰는 글은 저절로 쓰이는 글이다. 글을 쓰기 시작한 지 서너 시간이 지나면 온전히 몰입하는 순간이 찾아오는데 그때는 생각으로 쓴다기보다 손이 절로 움직여 문장을 만든다, 라고 나는 종종 글방러들에게 말하곤 했다. 이생에서 내가 살았던 경험이 DNA 속에 누적된 그 오래고 오래고 오랜 이야기와 만나 새로운 나선을 생성하는 창발의 순간, 비로소 세상에 없던 문장이 출현하는 시간이다. 오래 벼리어 날 선 손이 하는 일이다. 의지와 결심과 무관하게.

어쨌거나 리사는 '손바닥문학상'을 타고 본격적으로 원

고 청탁도 받고 자발적 기고도 하고 만화도 그리고 하더니 '일간 이슬아'라는 장르를 개척했다. 뿌리도 없고 근본도 없는 이 장르는 모두의 마음이 부유하는 이 시대에 어쩐지 아주 걸맞아 어쩌나, 그녀는 최고로 힙한 작가가 되어버리고 말았다.

앵커 시험을 보라는 말을 콧등으로도 안 듣던 담은 연극과 팝업 식당과 논술 첨삭 노동을 넘나들더니 최근엔 '무늬 글방'을 열었다. 오픈과 동시에 매진이 되는 인기 글방이라고 한다.

어딘글방의 '매니저'를 하던 시절 담과 리사는 글쓰기도 치열히 했지만 하나의 조직을 살뜰하고 알뜰하게 가꾸고 보살펴 지속 가능하게 하는 법도 터득해나갔다. 꼼꼼히 회비를 걷고 간식을 준비하고 서로의 고민을 나누고 새로운 일을 도모하고 수줍은 사람에겐 먼저 다가서고 아픈 사람은 돌보고 멀리 가는 사람에겐 행운을 빌어주며 나날의 모임을 새롭고 빛나게 하려 노력했다. 덕분에 그녀들이 운영하는 어딘글방은 다정하고 명랑한 환대의 공간이면서 맹렬하고 뜨거운 글쓰기 수련터가 되었다. 영혼이 파랗게 빛나던 시절, 눈이 맑고도 투명해 서로의 심장을 들여다보던 시절이었다.

요즘엔 궁지에 몰릴 것 같을 땐 문득 스승을 생각합니다. 저를 가르친 여자들은 모두 머리가 짧고 결혼을 하지 않았으며 글도 무진 잘 쓰고 말도 무진 잘했습니다. 그 여자들의 압도적인 지성 밑에 납작

깔려서 옴짝달싹도 못 하며 이야기 쓰기를 배웠죠.
섹스 아니면 강간 얘기 하는 화난 여자애. 스승들은
그 애를 안전한 곳에 뉘어 뻣뻣한 목에 일침을
놓아주고 긴요한 창피를 주었습니다. 그렇게 깨부순
자의식의 조각으로 공기놀이하는 법을 가르쳤죠.
무엇이 달라졌는고 하니 지금은 화가 덜 나고요,
밥을 잘하게 됐습니다. 밥을 배운 건 아니었는데
흉작이네요.

　그들 덕에 자랐지만, 그들은 저만 기르지
않았습니다. 시간이 흐르고 흘러 제자들은 방대한
가르침 중에서도 자기 맘에 드는 것만 쏙쏙 빼내어
왜곡한 편집본을 만들게 되었죠. 그리고 탁월한
이야기란 무엇인가에 대한 저마다의 해석을 무단
배포하는 중입니다.

　　── 담, 「지기의 편지 4: 언니 그건 지난 학기잖아요」

언제나 어디서나 쓸 수 있기 위해서

담과 리사의 뒤를 이어 어딘글방을 운영한 이는 조개와 하야티다. 조개와 하야티가 글방을 운영하던 시절 그들은 동시에 '개벽학당'의 운영위원이기도 했다. 개벽학당이라니, 이 놀라운 이름은 무엇인가, 고색창연한데 신박하다, 라고만 생각해줘도 어쩐지 기쁘겠다. 개벽학당의 기원은 '책읽는대학'이라 할 수 있겠다. 청춘 시절에 괜찮은 책 3백 권만 읽으면 인생 잘 살 수 있지 않을까, 라는 생각에서 출발한 책읽는대학은 매주 한 권의 책을 읽고 토론하고 글 써보자고 시작한 모임이다.

당시 우리, 그러니까 글방 청년들과 로드스꼴라 청년들

이 겹쳐진 개벽학당 멤버들은 이슬람을 이해하지 않고 21세기를 이해하는 건 불가능하다고 생각해서 정의길의 『이슬람 전사의 탄생』을 첫 책으로 선정해 공부를 시작했다, 라고 말하고 싶지만 그것은 몹시 무모한 도전이라는 걸 첫 세미나에서 알고 말았다. 두 페이지마다 암초에 부딪쳤다. 와우, 우리 정말 무지하구나, 이렇게까지 아랍의 역사를 모르다니. 쿠바혁명에서, 팔레스타인의 역사에서 우리는 자꾸 발길을 멈춰야 했다. 오스만튀르크도 1차대전도 2차대전도 넘어야 할 큰 산이었다. 한 주에 한 권씩 돌파해보고자 하던 꿈은 물거품이 됐지만 이렇게까지 세계에 대해 아는 것이 없다는 걸 안 것이 성과라면 성과였다. "음, 먼저 우리를 좀 알자, 그래야 어떤 기준점이 생길 거 같아." 가까스로 첫 책을 마치고 내린 결론이었다.

홍석률의 『분단의 히스테리』를 읽고 김동춘의 『전쟁과 사회』를 읽자 비로소 해방 공간이 보이고 지금 살고 있는 시스템의 기원이 보이고 그걸 만든 사람들이 보였다, 라고 말하고 싶지만 그것도 아니었다. 『전쟁과 사회』를 읽다 보면 해방 후의 토지개혁에 관한 내용이 나오는데 그럼 기존의 토지 개념이 무엇이었는지를 공부해야 개혁에 대해 이해할 수 있었다. 조선시대 사람들의 토지에 대한 개념, 더 멀리는 인간이 자연에 대해 가지는 소유 개념의 기원에 대한 질문으로 공부가 확대됐다. 결국 엥겔스의 『가족, 사유재산, 국가의 기원』을 읽게 되었다. 그다음에 젠더에 관한 책으로 이어지는 건 당연한 일이었다.

우리는 살짝 공부가 재밌어졌다. 가장 좋은 배움은 가르치는 것이다. 발제를 맡은 이들은 한번 씹어 삼킨 내용을 가져와 강의했다. 토론 시간에는 어떤 말이든 개의치 않고 누구나 자신의 의견을 개진했다. 1884년에 엥겔스가 쓴『가족, 사유재산, 국가의 기원』이 21세기 청년들에 의해 재해석되는 걸 듣는 것은 몹시도 짜릿한 일이었다. 장장 여섯 시간에 걸쳐 세미나가 진행된 적도 있었다. 가장 재밌어한 이는 조개였다. 처음에 고전했던 조개는 시간이 갈수록 물 만난 고기가 되어 가장 열심히 공부하고 부지런히 써 왔다. 그즈음 우리는 동학 공부를 시작했는데 마침 촛불집회와도 연동되어 1894년의 동학운동이 그저 먼먼 아득한 옛날 사람들의 일이 아님을 절로절로 절감하게 되었다.

우리는 공부를 조금 더 확장해보기로 했다. 홀로세, 1만 년 전부터 현재에 이르는 이 지질시대의 다사로운 봄을 앞으로 우리는 몇 번이나 더 맞을 수 있을까 하는 위기의식을 공부로 돌파해보고자 한 것이다. AI, 유전자가위, 사이보그 따위 진화의 새로운 국면, 멸종과 재난, 기후변화와 공장식 축산 등 우리가 부딪친 문제를 하나하나 꼼꼼하게 살펴보기로 했다. 더불어 한국사상사라는 것도 공부해보기로 했다. 한반도에도 사상이 있는가, 이 질문은 낯설고도 신선했다. 우리가 배운 것에 대한 대대적인 성찰이면서 지금, 여기, 나를 구성하는 핵심이 무엇인가를 분석하고 이해하는 작업이기도 했다. 개벽, 세계의 전환을 목도하고 해석하고 생각의 방향, 사상의 거처를 만들어보려는 시도였다. 물질이 개벽하니 정신을 개벽해야 하는 시절이 다시, 온 것이다. 개벽학당을 시작한 이유다.

이번에는 그야말로 일주일에 한 권씩 돌파했다. 『인류세』, 『라이프 3.0』, 『호모 데우스』, 『AI 슈퍼파워』, 『천도교의 정치이념』, 『한살림선언』, 『송기원의 포스트 게놈 시대』 등을 읽고 각자 한 편씩 리뷰를 써 와 토론을 했다. 인간과 인간 아닌 것들의 공생, 몸을 가진 존재와 몸을 갖지 않은 존재의 공존 등 놀랍고 두렵고 두근거리는 주제를 매주 마주하며 우리는 지나간 시간과 아직 오지 않은 시간 사이에서 무엇을 원하는가, 무엇을 원해야 하는가, 토론하고 논쟁했다. 노자에서 시작되어 원효와 세종을 거쳐 다산을 지나 최제우와 최시형, 장일순에 이르는 길이 오마이갓, 이렇게 재밌을 줄이야, 글 쓰느라 밤을 꼬박 새운 청년들 누구도 졸지 않았다. 조금만 재미없으면 가차 없이 마음껏 자는 하야티도 어쩐지 말똥말똥 한국사상사를 듣고 있는 것이었다. 한국사상사 공부로 인식의 지평을 마음껏 넓힐 수 있었지만 한편으론 놀랍도록 편향적이라는 점이 감탄이 나올 만큼 개탄스러웠다. 보라, 저 놀라운 남성의 계보. 진정 기이한 확증편향이 아니면 무엇이란 말인가.

당연히, 우리는 뉴스레터를 만들었다. 언제나 어디서나 글을! 글쓰기는 우리에게 놀이면서 일이었으므로. 일주일에 한 번씩 개벽학당에서 공부한 것을 정리하고 함께 공부하는 이들과 학당에서 일어난 일들을 소개하는 '주간개벽학당'

을 창간했다. 조개와 하야티는 운영위원이면서 뉴스레터 편집위원이기도 했다. 조개는 한국사상사 리뷰를 맡아 썼다. 강의 내용을 요약하고 네 이야기와 맞물어 글을 써봐, 그 주에 한 공부를 정리해내는 미션이 조개에게 주어졌다. 아마 최고 난이도의 글쓰기였을 것이다. 종종 하얗게 밤을 새우고 울며 울며 성곽길을 걷고 자책하고 후회하고 화를 내면서도 조개는 한 회도 빼놓지 않고 멋진 글을 써냈다. 하야티는 개벽학당에서 일어난 일들을 뉴스 형식으로 전달하는 글을 써야 했다. 마감 직전까지 새로운 일들이 발생했으므로 하야티의 글은 그야말로 마감 직전까지 써야 하는 글이었다. 그 와중에 두 사람은 뉴스레터에 실을 그림도 그렸다. 더 놀라운 건 이 일을 하면서 글방도 했다는 것이다. 그러니까 개벽학당의 뉴스레터 글을 매주 한 편씩 완성해내면서 글방에도 매주 한 편씩 글을 들고 왔다. 더더 놀라운 사실은 그 글들이 몹시도 몹시도 재미있었다는 거다. 두 사람은 저절로 써지는 손가락이라도 달고 있는 듯 일주일에 두세 편씩 마구 쏟아냈다. 쓰고 싶은 글과 써야 하는 글 사이에서 조개와 하야티는 그야말로 고군분투 용맹정진, 우쭐우쭐 쫄멋쫄멋 줄타기를 했다.

진정한 작가는 쓰고 싶은 글도 잘 쓰지만 써야 하는 글도 잘 써야 한다고 나는 종종 글방러들에게 말하곤 했다. 하고 싶은 말이 목 끝까지 차올랐지만 하지 못하는 사람들, 은폐되거나 의도적으로 삭제된 이야기들, 왜곡되고 감추어진 사실들, 인간의 언어로 말하지 않는 이종異種의 마음, 언어를 벗어난 혹은 언어 밖의 시공간, 그런 이야기들까지 다루어야 작가라는 이름을 달 수 있다고, 나는 스스로를 돌아보고 돌아보며, 얘기하곤 했다. 손이 온전히 풀려 있을 때는 어떤 글감이 주어지든 어떤 주제가 주어지든 오냐, 기다렸다는 듯이 쓸 수 있다고 간간이 말은 했지만 막상 조개와 하야티가 근 1년을 그리하니 놀랍고 존경스러웠다. 전장의 한가운데서라도 글을 쓸 수 있는 손, 이었다.

> 국어 선생 안군은 '화법과 작문' 수업의 과제로
> 2주에 한 편씩 글을 써서 내라고 했다. 마감에 맞춰
> 써내기만 하면 과제 점수 만점을 준다고 했다. 글을
> 잘 썼다고 점수를 더 받거나 못 썼다고 덜 받는
> 것은 아니었다. 아주 잘 쓴 글도 없었고 마감에 맞춰
> 한 번도 빠짐없이 써 오는 학생도 없었다. 그리고
> 안군은 한 편도 써 오지 않은 학생을 좋아했다.
> 나는 성실하게 글을 써냈지만 그리 재밌는 글들은
> 아니었다. 내가 구린 글을 쓰는 그 1년간 안군이
> 내게 했던 피드백은 '너는 리얼리즘으로 글을
> 쓴다'와 '지나치게 구어체를 쓴다'가 전부였다.
> 나는 리얼리즘과 구어체가 무엇인지 몰랐기 때문에
> 계속해서 구어체로 리얼하게 구린 글을 썼다.
> —— 하야티, 「우리가 시를 읽어야 하는 이유」

하야티가 대안학교 국어 선생님 '안군'에게 보내는 따뜻하고 다정한 헌정의 도입부다. 이런 글을 쓰는 하야티는 기

획안도 끝내주게 잘 썼다. 하룻밤 만에 뚝딱 쓴 기획안으로
공모에 당선되어 프로젝트 기금을 받기도 했다.

올해 봄, 휴학을 하고 개벽학당에 온 이후로
나는 글을 쓰고, 터무니없게도 그 글을 계속
뉴스레터에 싣고 있다. 무척 부끄러운 일이다. 나의
글을 새별(조성환 선생)과 로샤(이병한 선생)가 읽고
어딘이 읽고 또 뉴스레터를 읽는 다른 사람들이
읽는다. 내 글은 요즘 쓰이자마자 어딘에게 읽힌다.
그럼 어딘은 오케이하거나 이렇게 고쳐보라고
말한다. 뉴스레터에 실리는 모든 글이 그러하므로,
뉴스레터의 글은 우리와 어딘의 공동작업이라고
할 수 있다. 그리고 어딘도 글을 써서 뉴스레터에
싣는다. 나와 동지들은 어딘이 써내는 글을 보고
감탄한다. 이렇게 스승 어딘과 함께 일하고 함께
뉴스레터를 만들어내는 과정이 좀 놀랍고 신기하고
재미있다.

퇴계와 함께 「천명신도」를 만든 정지운도
나처럼 그 과정이 재미있었을 것 같다. 정지운이
만든 「천명도」를 본 퇴계는 (자신이 신과 같이 여긴)
주자학과 「천명도」가 어긋난다고 생각되는 부분이
있으면 가차 없이 얘기했다.
　"지운은 내 말이 떨어지자마자 모두 수긍하면서

어기거나 싫어하는 기색이 없었다. 다만 내 말에
타당하지 않은 점이 있으면 반드시 있는 힘껏
논변하여 지극히 타당함에 이른 뒤에야 그만두려
하였다. […] 몇 달이 지나 정정이(정지운)가 수정한
그림과 첨부한 해설을 가지고 와서 보여주기에
나는 다시 서로 함께 교정하여 완성하였다.
비록 과연 오류가 없는지 어떤지는 모르겠지만
우리들 소견으로 할 수 있는 데까지는 거의 다 한
것이었다."(퇴계, 「천명도설후서」)

일주일에 한 번씩 뉴스레터를 만들 때마다
이런 기분이다. 나의 글이 나의 글에 머물지 않고
누군가의 교정을 받는다. 그렇게 여러 사람의 눈과
손을 거쳐 만들어진다. 우리들의 소견으로는 할 수
있는 데까지 다한다.

학을 그저 수련의 과정으로만 치면 학의 세계는
지나치게 수직적이다. 가장 많은 수련의 과정을 겪은
사람만이 가장 높은 학에 이를 수 있을 것이다. 그럼
매일같이 엉덩이를 방구석에 붙이고 공부를 하느라
여름에도 더운 줄 몰랐다던 퇴계가 더 높고, 그보다
여덟 살 어린 정지운은 더 낮은 학을 가졌는가?
그렇지 않다. 「천명도」를 작作한 것은 정지운이다.
주자학에 대한 깊은 학식으로 그것을 보완하고
유명세를 더해 세상에 널리 알린 것은 퇴계다. 학은

어쩌면 노동과 달라 수련의 과정 이상의 무언가를
추구하고 있는지도 모른다. 그 무언가를 향해 퇴계와
정지운은 함께 '상승지향'한 것이다.
—— 조개, '철학을 그리는 사람들' 강의 리뷰

조개는 작作과 술述에 대한 이해를 바탕으로 퇴계와 정
지운을 공부하고 지금 여기서 함께 잡지를 만드는 우리를 성
찰한다. 고고하고 겸손하며 드높은 기상이 출렁이는 글이다.
'작'이란 창의적인 행위이고 '술'은 해석 혹은 주석을 다는 일
인바 한반도에서는 오랫동안 술에 집중하는 공부가 주류였
다. '자왈子曰'이 모든 문장의 첫머리였고 기준이었으니 중국
의 고전을 텍스트로 삼아 그 자구字句가 무엇을 뜻하는가에
대한 술해가 공부의 중심이었다. 그 오랜 타성과 관행을 깨트
린 것이 한글과 동학이었다. 더없이 혁명적인 창조는 반발과
저항을 부른다. 지금까지 있었던 적이 없는 것은 어떤 이에게
는 불안을 어떤 이에게는 희열을 제공한다. 지금까지 있었던
적이 없는 것을 다루는 것이 예술이다 문학이다 글쓰기다.
　언제나 어디서나, 쓸 수 있기 위해서는 손을 벼리어두어
야 한다. 마음에 있는 이야기, 너에게 들은 이야기, 바람이 전
해준 이야기, 오래전 죽은 사람이 하는 이야기, 오지 않은 세
상에서 보내는 전언, 동네마다 서 있는 느티나무가 서리서리
품고 있는 그 이야기는 불현듯 느닷없이 나에게 온다. 피할
수도 없고 피해서도 안 되는 이야기를 세상에 내보내기 위해
서는 모든 날 모든 순간 푸르게 날을 갈아두어야 한다.

사실 일을 한다는 건 글을 쓰는 일에 다름 아니다. 기획안에 메일 쓰기에 초대장에 보고서에 인터뷰에 소식지에…. 글쓰기는 일터에서 필요한 가장 기본적인 기술이다. 기분 좋은 편지 한 통이 일을 성사시키는 데 결정적인 역할을 하고, 감동적인 글 한 편이 회원을 확대하는 데 큰 힘이 된다. 창의적인 카피가 세상을 바꾸는 데 일조를 하고 논리적인 글모음은 시대의 담론이 된다.

그립다. 유려한 명랑함이 흐르던 하야티의 글, 고십스럽게 깐깐하던 조개의 글.

쓰고 보니 셋이 전부다

글방이 열리는 시간은 대개 6시에서 8시 사이였다. 저녁밥이 애매한 시간이었다. 첫 글방이 열리고 한두 주쯤 지났을까 겨우 안면을 튼 사이가 되었을 때(글방엔 예나 지금이나 정말 수줍음이 많은 사람들이 온다), 누군가가 밥을 먹고 가자고 제안을 했다. 큐였을 가능성이 높다. 주섬주섬 엉거주춤 하자센터 근처의 분식집에 가서 김밥이나 떡볶이 따위를 시켜 두런두런 이야기를 나누다 일어설 시간이 되었다. 당연히 계산은 내가 할 참이었다. 무려 선생에다 최연장자였으므로. 그때 큐가 말했다. 억센 부산 사투리에 아주 큰 목소리로 가게가 떠나가라, 야, 우리 각자 계산하자, 대안학교 교사들 월

급도 조금밖에 못 받는다. 그 말에 글방러들이 엉거주춤 주섬주섬 지갑을 꺼내기 시작했다. 열일고여덟 살의 청소년들이었다. 어쩐지 심히 부끄럽고 민망해서 아니야 아니야 내가 살게, 라는 말이 거의 입 밖으로 튀어나올 뻔했으나 간신히 말을 삼키고 조용히 있었다. 글방러들은 돈을 합치고 잔돈을 거슬러 받고 합산을 하느라 분주했는데, 카드가 보편화되지 않았던 시절이었으므로, 그 와중에 한 친구가 나 돈 없는데, 라며 난감한 표정을 지었다. 이때다 싶어, 아아 그래, 그러면 네 저녁값은 내가 같이 낼게, 하고는 2인분의 밥값을 냈다. 쑥스러워 낯이 뜨거워졌다.

그날 이후 밥 먹고 가자는 말을 우리는 조금 더 자유롭게 할 수 있게 되었던 것 같다. 큐가 깨트린 건 자본의 질서와 나이의 위계였다. 나도 N분의 1을 내는 사람 중에 하나였다. 그러므로 밥 자리를 빌려 가르치려거나 생색을 내거나 권위를 내세우는 일 따위를 해서는 안 된다. 옳은 개소리도 줄여야 한다. 큐는 내가 갖고 있던 고정관념 하나를 와장창 깨부숴주었다. 큐가 만든 이 규칙은 지금도 여전히 유효하고 나는 여전히 어색하고 무안하지만 그것을 따른다.

키가 187센티미터나 되고 체격도 단단한 큐는 종종 재밌는 글을 써 왔다. 만원 지하철에서 내려 계단을 내려가다 어떤 사람과 부딪쳤는데, 뭐야 이 새끼, 하는 표정으로 고개를 들던 남자가, 어 죄송합니다, 말하고 꽁무니를 뺐다는 글도 그중의 하나다. 우리는 그 글 덕분에 수렵시대에 사는 것도 아닌데 몸의 크기와 부피가 어떤 의미로 작용하는지 이야기를 나눌 수 있었다. 늦은 밤 집으로 가는 골목길에서 앞에 가던 여자가 자꾸 뒤를 쳐다보길래, 아 저분이 나 때문에 불안한가 보다 싶어 배려의 차원에서 휘파람을 불었더니 아아악 비명을 지르며 뛰어가더라는 글을 갖고 왔을 때는 여자 글방러들의 원성과 비난을 한 몸에 받기도 했다. 큐의 억울한 항변이 지금도 떠오른다. "그럴 땐 어떻게 해야 되는데? 어떻게 안심하라고 신호를 보내야 되는데?" 끌끌끌, 혀를 차던 여자 글방러들의 표정도 생각난다. 큐의 글 중에 가장 재미났던 글은 「원피스를 위한 나라는 없다」였다. 원피스가 입고 싶었던 어린 큐의 이야기는 절절하고 너무 웃겨서 글을 읽는 동안 입술을 깨물어야 했다.

지금 큐는 호주에 있다. 딸기 따고 파프리카 따서 번 돈으로 본격 농사 공부를 하고 있다. 쓰는 버릇도 여전해서 종종 글을 보내오곤 하는데 농작물만큼이나 글도 잘 영글어가고 있다. 꼭 농사를 지으라고 나는 시간이 날 때마다 큐에게 말하곤 한다. 배추 미나리 부추 쌀 보리 사과 감 농사 짓는 네 옆옆옆집에 살 거야 그러니 꼭 훌륭한 농부가 돼야 해, 라는 말과 함께.

*

밤늦게 전화가 왔다. 모르는 번호였다. 10시 반도 넘은 시간이라 누구지, 긴장하며 전화를 받았다. 훈훈의 엄마였다. 훈훈이 아직 집에 안 들어왔다는 것이다. 글방은 8시 조금 넘어 끝났는데 무슨 일일까, 걱정이 되었다.

"활동보조 선생님과 같이 간 게 아니었나요?"

훈훈은 뇌병변장애가 있어 휠체어를 타고 컴퓨터로 소통하는 글방러였다. 나온 지 한두 번밖에 안 된 시점이었다.

"네, 근처까지만 오고 나머지는 혼자 가겠다고 했나 봐요. 근데 전화가 안 되네요. 제가 좀 더 찾아볼게요."

전화를 끊고 나서도 약간 심란했는데 30분쯤 지나 다시 전화가 왔다.

"선생님, 훈훈이 왔어요. 걱정 마세요."

훈훈 엄마 특유의 활달한 목소리를 듣고 나니 그제야 저녁 먹은 게 내려가는 느낌이었다.

"어디 갔었대요?"

"공원에서 혼자 좀 있었대요."

"공원에서요?"

"네, 뭐 생각할 게 좀 있었다고 하네요."

그런가 보다 하고 넘어갔는데 나중에야 사건의 전말을 알게 되었다.

그날 훈훈의 글이 뭐였는지는 생각이 안 난다. 어쨌거나 늘 하던 대로 피드백을 했는데, 늘 하던 대로 한 피드백이 문제였다. 훈훈은 당시 각종 글쓰기 대회에서 나름 상을 휩쓸며 어디서나 글 좀 쓴다는 소리를 듣는 문재文才였단다. 우리는 그 사실을 미처 알지 못했던 데다가 아쉽게도 글방에서 그날 훈훈은 좋은 평을 듣지 못했던 게다. 글방에 낸 첫 글이었는데, 조금쯤 야심 찬 마음이었을 텐데, 그동안 훈훈이 들어왔던 것과는 다른 이야기를 들었던 게다. 우리는 작가가 장애를 가진 것과 글의 완성도는 별개의 문제라고 생각했고 글의 한계와 아쉬움에 대해 평소 하던 대로 구체적이고 꼼꼼하게 비평했을 것이다. 물론 글이 가지는 장점에 대해서도 누군가는 얘기했을 것이다. 나중에 들은바 훈훈은 그날의 합평에 충격을 받았고 여러 가지 생각이 들어 조용히 생각을 좀 해야겠기에 공원에서 혼자 시간을 보냈단다.

　나중에야 들었다. 훈훈뿐 아니라 대부분의 글방러들은 대체로 글방이 끝나면 여러 가지 생각을 한다고. 일단 분노. 뭐야 글을 제대로 이해도 못 하면서 개뿔 무슨 저는 나보다 잘 쓰나 어디 두고 보자. 다음으론 좌절. 아무래도 재능이 없나 봐 백날 쓰면 뭐 하냐 맨날 거지 같은 소리만 듣는데. 다음은 질투. 왜 쟤 글은 재밌지? 나보다 책을 많이 읽는 거 같지도 않고 나보다 노력하는 거 같지도 않은데. 다음으론 오기. 담주엔 보여주겠어, 칼을 가는 거다. 이런 마음의 요동과 파고를 경험하며 집으로 돌아갔다고 한다 모두들. 눈물로 베갯잇을 적셨다는 고전적인 멘트를 들은 적도 있다. 수련의 과정은 녹록지 않다, 어느 분야든. 제 발로 글방에 오는 이들은 어쨌거나 재능이 있는 사람들이다. 재능이 작품으로 이어지는 건 오오랜 연마와 수련의 시간을 뼈아프게 보내고 난 이후에야 가능한 일이다. 어떻게 하면 글을 잘 쓸 수 있을까요, 라는 질문에 나는 종종 일주일에 한 편씩 한 번도 빠지지 않고 3년, 이라고 답하곤 한다. 그곳이 도착지가 아니라 출발점이라는 얘기는 굳이 하지 않는다. 피아노든 무술이든 그림이든 춤이든, 가는 거다, 비가 오나 눈이 오나 바람이 부나 아프거나 바쁘거나, 스승과 사형詞兄들이 있는 곳으로.

훈훈은 국문과 대학원을 마치고 지금도 글을 쓴다. 얼마나 재미있는 글을 쓰는지, 훈훈이 쓴 글을 클클거리며 읽다가, 그가 컴퓨터로 소통해서 망정이지 말로 대화했다면 우리는 다 쓰러졌을 거라고 생각한다. 그나마 발신과 수신에 시간 차가 있어 우리가 멀쩡한 거라고.

훈훈과의 경주 여행을 잊지 못한다. 훈훈과 함께하면서 비로소 정겹게 느껴지던 한옥 게스트 하우스가 장애인에게는 매우 불편한 숙소라는 걸, 우리나라 대부분의 문화유적지에는 휠체어가 다니지 못한다는 걸 '각성'하게 되었다. 그럼에도 노을 지는 진평왕릉을 뒤로 두고 가슴 가득 바람을 맞으며 휠체어를 탄 훈훈과 걸어가던 풍경은 활활한 기억으로 생생하다.

＊

테일러의 글은 좀스럽고 쫀쫀하고 옹졸하고, 오, 불온하다. 그래서 몹시 특별하다. 누구도 테일러처럼 쓸 수 없다. 리사는, 아아 나는 왜 이성애자에다 양친은 그토록 평범하시단 말인가, 라며 테일러 글에 대한 질투를 표했다. 좀 이상하게 들릴 수 있지만 글방 안에서는 맥락상 그녀의 한탄을 용인하고 이해한다. 글방에는 게이도 있고 레즈비언도 있고 양성애자도 있고 심지어 이성애자도 많다.

나는 종종 아주 특별한 이야기는 고전적인 형식으로, 일반적인 이야기는 조금 파격적인 형식으로 써보라는 말을 한다. 차고 넘치는 것이 이성애자들의 사랑 이야기다. 첫 문장만 봐도 지루하고 끝을 알 수 있는 드라마라면 끝까지 읽어나가는 데 만만치 않은 인내심이 필요하다. 본인에게는 특별한 이야기지만 독자는 태어나서 지금까지 5천 번도 넘게 본 레퍼토리가 이성애자들의 사랑 이야기임을 잊지 말아야 한다고 강조하곤 한다. 그 어떤 불륜과 치정도 『폭풍의 언덕』의 변주일 뿐이라는 건 작가로선 좀 자존심 상하는 이야기다. 테일러는 여기서 한 수 먹고 들어간다. 게이가 바라보는 세상은 한심하고 졸렬하고 차별적이며 변태적이기 이를 데 없다. 이성애자들이 오랜 공부로 무장하고 단련해야 보이는 것들이 그에게는 한눈에 보인다. 굳이 기교와 실험에 공을 들이지 않아도 '낯선' 이야기가 될 가능성이 높다. 물론 섬세해야 한다. 구체적이어야 하며 용감해야 한다.

테일러의 커밍아웃은 글로 이루어졌다. 모두가 잘 아는 사이에서 한 커밍아웃에서 가장 웃겼던 건 테일러의 여자 동기가 한 말이었다. 미, 미, 미안해, 내가 널 맨날 게이 같다고 놀렸잖아, 코끝이 빨개져서 울먹울먹 말하는 그녀의 이야기를 들으며 나는 딸꾹, 참을 수 없게 웃겨서 딸꾹, 자꾸 딸꾹질이 났다. 테일러는 글을 쓰고 싶어서 커밍아웃을 한다고 말했다. 커밍아웃을 하지 않으면 애매모호한 말만 하게 된다고, 과녁의 중심을 향해 활을 쏘고 싶은데 엉뚱한 방향으로 날아간다고. 어쨌거나 종종 테일러의 글은 짜릿하다. 테일러는 조국을 기꺼이 배반할 수 있고 시스템을 뭉갤 수 있으며 낚싯밥 따위에 걸리지 않을 수 있다. 국가란 무엇인가, 한 방에 이해한다. 쪼잔하고 소심하고 때때로 밴댕이 소갈딱지 같은 테일러의 글이 세상을 바꿀 수 있을 거 같지는 않지만 교란시킬 수는 있을 것이라고 나는 믿는다. 'somewhere over the rainbow', 지금보다는 말랑말랑한, 지금보다는 더 부드러운 어떤 곳으로 가는 길을 알고 싶다면 불경하기 이를 데 없는 테일러의 글을 읽기를.

쓰다 보니 남자 글방러들에 대한 이야기다. 십삼사 년 글방을 하는 동안 잠깐잠깐 다녀간 이들이야 많지만 여자가 아니면서 글방러라는 이름을 가질 수 있는 이는 이 셋이 다였던 것 같다. 리사와 담이 글방 매니저를 하는 동안 그녀들의 고민이 바로 이것이었다. 왜 글방에는 남자들이 오래 남아 있지 않을까. 남자 글방러를 키우기 위한 리사와 담의 노력은 눈물겨웠다. 평범한 글에서도 장점을 찾기 위해 눈에 불을 켰고 가능한 한 밥을 같이 먹었으며 어떤 질문에도 세상에서 가장 상냥한 답을 해주었다. 때때로 한심한 글에 대해 그녀들이 다정하고 친절한 피드백을 위해 고군분투할 때면 나 또한 그녀들의 편이 되어주어야 할 것 같은 의무감이 들 정도였다.

담과 리사에게 이 말을 했던가, 기억이 나질 않는다. 글방에 남자들이 오래 머물지 않는 것은 어딘이 '그'들의 롤 모델이 아니기 때문이다. '어딘'이라는 사람의 말은 여성의 언어다. '어딘글방'은 여성이 글을 쓴다는 것에 대한 질문과 도

전과 응전으로 가득한 곳이다. 총명하고 담대한 여자들이 절차탁마와 간난신고를 겪으며 협동과 경쟁과 연대의 시간을 쌓는, 서로가 서로에게 배우는 곳이다. 우주를 유영하는 다이버들의 창발적 연결이 이루어지는 곳, 이길 지금은 바란다. 이사무애 사사무애, 환과 리얼을 자유롭게 넘나들며.

이토록 격렬하게 쓰는 몸

훈훈은 전동 휠체어를 운전해 혼자 다니기도 했지만 활동보조 선생님과 함께 오는 경우가 많았다. 글방 시간이 저녁시간과 겹쳐 우리는 김밥 떡볶이 빵 따위 먹을거리를 챙겨 와 배를 채워가며 글을 읽고 피드백을 했는데 훈훈은 혼자 먹을 수가 없어 누군가가 도와주어야 했다. 김밥을 반으로 나누어 입에 넣어주거나 빵을 잘라 먹여주거나 침이 흐르면 손수건으로 중간중간 닦아주어야 했다. 훈훈 옆에 앉은 아무나 그 일을 했다. 훈훈은 '다른' 사람들과 함께 산다는 것이 말처럼 쉽고 간단한 일이 아니라는 것, 도시를 설계하는 자, 집을 짓는 자, 자동차를 만드는 자, 옷을 짓는 자 모두 뇌

병변장애를 가진 사람이 세상에 존재한다는 걸 알고 일을 해야 한다는 것을 일깨워주었다. 그렇다고 훈훈이 '다른' 사람만은 아니었다. 훈훈의 머릿속과 마음은 희로애락을 변주하는 우리와 다르지 않았다.

이모가 오는 날은 우리 집에서 '음담패설 만국박람회'가 열리는 날이었다. 아주머니들이 주고받는 각양각색의 음담패설은 언제나 나를 흥분케 했다. 그녀들의 이야기를 듣다 보면 저마다 가장 잘할 수 있는 장르가 있었다. 어떤 아주머니는 남의 집 부부 사정에 귀가 밝은가 하면 다른 아주머니는 글로벌한 성문화에 빠삭했다. 물론 여기에 우리의 김 시스터스가 빠질 리 없었으니. 어머니는 세상에서 본인의 이야기를 가장 잘하는 사람인지라 자기 남편의 과거와 자신의 부부 생활을 주로 이야기했고(물론 부끄러움은 아들인 나의 몫이었지만), 이모는 유명 인사들의 섹스 스캔들을 줄줄이 꿰고 있었다. 이야기의 출처는 주로 '카더라' 통신이었지만 군침이 절로 꼴깍 삼켜질 정도로 재미가 있었다. 유부남 연예인의 외도부터 시작해서 정치인들이나 재벌들의 기괴한 성적 취향까지 이건 뭐 한국판 『킨제이 보고서』가 따로 없었다. 아주머니들은 이모의 이야기를 듣는 중간중간 "쌍노무 새끼"나 "시부럴 놈, 그걸 그냥

냅둔다냐?"와 같은 거친 언성을 내뱉었다. 하지만
그 언성들은 이야기의 맥을 끊기보다 중간중간
윤활제가 되어 분위기를 더욱 달아오르게 했다. 나는
어머니 옆에 앉아 수박을 집어 먹으면서 귀를 쫑긋
세웠다. 마치 화투판을 기웃거리며 개평을 떼어먹는
여느 노름꾼처럼 그 자리에서 떠날 줄 몰랐다.

　　종일 학교에서 친구들과 야한 이야기를 주고받다
왔지만, 아주머니들의 이야기는 또 다른 세계의
것이었다. 그때의 학교생활은 남자애들끼리 야한
이야기를 주고받으며 낄낄거리는 게 전부였다.
하나, 우리 집에서 꽃피어났던 이야기들에 비하면
남자애들 쪽은 시시껄렁했다. 나는 속으로 '머리에
피도 안 마른 너희들이 뭘 알겠니?'라며 콧방귀를
뀌었다. 나는 우리 집에서 주워들은 이야기보따리를
교실에서 조금씩 풀어놓았다. 그 덕에 학교에서 나의
별명은 색골이나 색마였다. 물론 나의 뒷배에는
'음담패설 만국박람회'가 있었다.

—— 훈훈, 「나의 S다이어리」

　　사춘기 청소년을 옆에 두고도 그녀들의 말이 그토록 자
유로웠던 건 아마도 훈훈에 대한 경계가 덜해서였을 것이다.
어쩌면 그녀들은 '장애인' 훈훈이 무성無性에 가깝다고 생각
했을지도 모른다. 훈훈 역시 난 그런 거 몰라요, 하는 표정으
로 순수함을 가장해 면밀한 관찰과 취재를 했을 것이다. 덕

분에 우리는 재미난 글을 읽을 수 있었다. 연필을 잡으려면 그렇게 말을 안 듣던 손이 자위를 할 때는 고추를 잘도 감싸더라는 이야기를 할 수 있는 작가는 흔치 않다. 장애를 가졌기에 보이는 세상에 대한 이야기는 훈훈의 것이다. 훈훈의 눈은 우리가 보지 않는 것, 볼 수 없는 것을 매일 마주치고 있다. 훈훈의 모든 감각 또한 다른 방식으로 작동한다. 그러므로 쓰기만 해도 매우 창의적인 글이 되는 것이다. 몸의 다름이 만들어내는 독창적인 이야기는 훈훈 글의 독자성이며 독창성이다.

2012년 12월 이후 현은 대통령이 되는 상상을 자주 했다. 기자가 "당선자님, 왜 결혼하지 않으셨습니까?"라고 묻는다면 "국가와 결혼했으니까요"라고 또박또박 말할 작정이었다. 당연히 보수당의 후보로 당선돼야 했는데, 그의 생각으론 그게 제일 한국의 현실과 맞았다. 진보적인 정당의 후보로 차별을 극복하고 당선되는 건 미국에서만 가능했다. 현은 대통령의 길을 생각해봤다. 젊을 때 열심히 해서 괜찮은 학력과 경력을 확보해놓고, 사십대에는 극우적인 주장들을 현실에 부합하는 척 쏟아내고, 오십대 중반부터는 관용을 외치며 중도 표를 겨냥한 이미지메이킹을 한다면 기회가 올지 몰랐다.

하지만 현이 게이라는 사실은 그가 대통령이 되는

데 가장 높은 벽이었다. 스무 살 이전의 친구들은
그의 목석같음에 경악하곤 했다. 그는 여자의
가슴이나 엉덩이, 허리 같은 것을 보고 감흥을
느끼지 못했다. 그래서 종종 여성으로서 자신의
매력을 실험하고 싶은 여자들의 목표가 되어왔다.
현은 도저히 결혼은 자신이 없었다. 그래서 그는
대한민국 최초로 퍼스트레이디가 없는 남자
대통령이 돼야 했다. "처자식 없는 새끼가 무슨
가족을 이해하고 국가를 이해하고 세계를 이해하나."
그가 앞으로 극복해야 할 차별이란 본질을 오묘하게
비껴간 것이었다.

   […]

   어제도 현은 대통령이 되는 상상을 했다. 만약
당선된다면 임기 내에 대한민국을 미국에게 갖다
바칠 5개년 플랜을 세울 생각이었다. 미국의
52번째 주, 사우뜨 코리아가 된다면 한국인들
사이에서도 동성 간 결혼이 가능하게 될 것이다.
이미 미국 대륙의 대부분의 주에서 동성 간의 결합을
인정하는 문구를 법제화했고, 연방법원은 반대
측의 위헌소송에 증거불충분으로 패소 결정까지
내렸다. 서울의 퀴어 프라이드 퍼레이드는 이제 어떤
젊은이도 찾지 않게 될 것이다. 변방의 서러움은
사라질 것이다. 이제야 한반도에서 정상적인 근대의
문화가 싹틀 것이다. 악마는 스스로 악마가 아니라는

걸 선포할 수 있을 것이다. 현은 상상 속에서만큼은
입을 크게 벌리고 웃는 습관이 있었다.

—— 테일러, 「권력 1」

아니 이런 매국노가, 개인의 이익을 위해 나라를 팔아먹
을 셈이란 말인가, 라는 말은 합평회에서 나오지 않았다. 오
히려 글방러들은 게이 대통령이 나온다면 무엇이 달라질 것
인가에 열을 올렸다.

영부인이란 말은 사라지겠군. 게이 대통령의 파트너는
공식 행사에서 양복을 입어야 하나 한복을 입어야 하나? 대
통령 재임 시절에 입양을 하는 것도 괜찮지 않을까? 해외 순
방길에 올라 그 나라 영부인과 만난 게이 파트너가 유치원과
교육기관을 다닐 때 혹시 극우 청소년들이 화를 내지 않을
까? 국가가 동성애자라는 이유만으로 지속적으로 차별과 억
압을 한다면 국가의 요구에 부응할 필요가 있을까? 개인과
국가라는 것이 늘 합집합과 부분집합의 관계로 이해되는 것
이 옳을까? 어쨌거나 테일러의 발상은 매우 신박해, 나는 요
즘 일국주의 그러니까 개별국가주의에 대해 몹시 회의적이
거든. 이 구조는 필연적으로 전쟁과 폭력을 야기해. 제국이
필요한 시대인가? 지금 직면한 재난과 위기는 어쨌거나 한
국가가 풀 수 있는 문제는 아니니까. 포스트 민주주의에 대
한 논의를 시작해야 해, 대통령 5년 단임제 시스템 따위론 문
제를 해결할 수 없어. 대의민주주의를 믿는다는 건 대중을
믿는다는 거잖아. 대중과 시민 사이의 간극은 너무 넓어. 미

래 비전은 늘 변방에서 시작되었어. 테일러는 좋겠다 존재 자체가 다른 생각을 하게 만들잖아, 작가로서는 좋은 포지션이야. 화를 내야 하나 말아야 하나 테일러가 묘한 표정으로 엉뚱하기 짝이 없는 피드백을 듣고 있었다.

만성적인 통증이 찾아온 것은 대학에 진학한 지 2년째, 그리고 자취를 시작한 지 1년째의 일이었다. 대학에서 신문방송학과 사회학을 공부 중이었으며 초등학생을 대상으로 글쓰기 교실을 진행했고 오래되고 거대한 전자상가에서 인터뷰와 책 편집 일을 맡고 있었다.

겨울이 시작될 무렵, 척추부터 시작해 뒤통수를 지나 얼굴까지 번져오는 통증 때문에 교수들의 목소리가 점점 들리지 않았다. 쉬는 시간, 친구들에게 왈칵 눈물을 쏟으며 말했다. "교수들 말이 안 들려." 나는 대학 공부를 좋아했다. 매 수업 진심을 다해 필기에 힘을 쏟고는 했다. 학교 책상에 앉아 있는 시간이 고통스러워졌다. 머리와 어깨에 못을 박는 것 같았고 졸음 때문에 엎드린 채 수업을 들었다. 기어오듯 집에 도착해 양치를 할 때면 턱이 벌어지지 않아 이가 잘 닦이지 않았다. 하지만 이 통증을 어떻게 다루어야 하는지 알 수 없었다. 어깨 통증이나 목 통증, 피로감이 없는 현대인은 없다고 누누이 들어왔고 나조차 그렇게 믿었기 때문이다.

그래서 병원은 찾지 않고 틈틈이 학교 휴게실에
누워 쉬거나 얼굴을 잔뜩 찌푸리거나 길을 걷다
벤치가 있으면 그 위에 누웠다. 친구들은 그런 나를
패러디했다. 나는 함께 웃었으나 날이 갈수록 서운한
마음을 감출 수 없었다.

　[…]

　전자상가에서 함께 일하던 동료 중 테크노 음악
DJ가 있었다. 그는 나를 클럽에 종종 초대했으나
언제나 거절할 수밖에 없었다. 밤이면 눕는
것 말고는 어느 것도 할 수 없었기 때문이다.
동료들은 나를 신데렐라라고 불렀다. 나는 정말로
신데렐라처럼 밤을 즐길 수 없었다. 그리고 더 이상
컴퓨터 앞에 앉아 일할 수도, 책상에 앉아 강의를
들을 수도, 쉽게 잠에 들 수도 없었다. 일과 학업을
모두 그만두고 가장 먼저 찾아간 곳은 한의원이었다.
어깨와 목 아래에 핫팩을 두고 누우면 체리 씨앗이
담긴 핫팩도 배 위에 함께 얹어졌다.

　동네 한의원에서 통증이 쉽사리 호전되지 않자
불안감이 커졌다. 해가 바뀌어도 나아지지 않는
증상을 두고 볼 수 없었다. 많은 병원을 탐방하며
진통 주사와 진통제를 처방받았고 다른 병원에서
같은 절차의 물리치료를 받았다. 메르스 확산의
원인으로 꼽는, '병원 쇼핑'이란 신조어를 떠올렸다.
마음 맞는 주치의를 만나지 못하고, 낫지 않는

통증을 안은 채 이곳저곳 떠도는 것도 지치는데 그
모든 과정을 납작하게 만드는 새로운 낱말의 조합이
영 마음에 들지 않았다. 물리치료를 받기 위해
상의를 벗고 엎드리면 흡착기 같은 것이 내 몸에
달라붙어 숨을 쉬듯 움직였다. 그 숱한 물리치료를
받으면서 내가 궁금한 것은 단 한 가지였다. '나는
무슨 병을 갖게 된 것일까?'

—— 울리,「파손」

　학생들과 함께 페루의 쿠스코를 여행하던 중에 멋진 청
년을 만난 적이 있다. 몸도 마음도 건장한 젊은이로, 한국국
제협력단 봉사단원으로서 우리가 여러 현장 체험을 할 수 있
도록 도와주고 다음 여행지로 잘 이동할 수 있도록 편의도 봐
주었다. 감사한 마음에 밥 한 끼를 같이 먹다가 재밌는 얘기
를 들었다. 태어나서 한 번도 병원에 간 적이 없다는 것이었
다. 치과조차 한 번도 안 갔다고 했다. 덕분에 건강보험공단
에서 주는 감사패 같은 것도 받았단다. 그래서 자기는 아프다
는 감각을 잘 모른다고 했다. 여자 친구가 배가 아프다 허리
가 아프다 하면 진통제도 사다주고 죽도 끓여주고 하지만 사
실은 그 아픔이 어떤 건지 체감은 안 된다는 것이다. 음, 너무
건강한 것도 병이구나, 생각을 했다. 아파본 사람만이 아픈
사람을 이해할 수 있다고 나는 생각한다. 누군가가 머리가 아
파, 얘기할 때 사실은 모두 제각각 자신이 겪은 두통을 상상
한다. 타인의 고통이란 어쩌면 자신의 경험치로 가늠할 뿐 그

것이 무엇인지 정확하게 알 도리가 없는, 정확히 닿을 수 없는 지점이다. 타인이 겪는 육체의 고통은 그러므로 추측일 뿐이다.

젊디젊은 울리가, 푸르디푸른 울리가 아프다고 했을 때 주변의 모든 사람들이 자신의 아파본 이력을 바탕으로 한마디씩 했을 것이다. 이렇게 해봐 저렇게 해봐 마음의 문제야 의지의 문제야. 울리가 이토록 길게 이토록 격렬하게 아플 줄 누구도 몰랐다. 그리고 '아픈 사람' 울리가 이토록 견고하고 치밀한 글을 써낼 줄은 더더욱 몰랐다. 통증이 일상인 사람이 왜 이토록 맹렬히 글을 썼을까? 그녀가 하고 싶은 이야기는 무엇일까? 울리가 쓴 글을 모아 자신의 이름 이다울로 『천장의 무늬』라는 책을 내게 되었을 때 나는 이렇게 추천사를 썼다.

　'아픈 몸과 함께 살아가기'에 대한 글이라고
　생각할 수도 있지만 이다울의 『천장의 무늬』는
　글쓰기에 관한 책이다. 통증과 통감은 말로도
　글로도 표현할 수 없는 영역이다. "어디가 어떻게
　아프세요?"라는 질문은 난감하고 곤혹스럽다.
　이해할 수 없는, 납득할 수 없는, 규정할 수 없는,
　공유할 수 없는 통증의 시간이 빚어내는 불안과
　불화와 조울에 대해 이토록 치열하게 섬세하게
　용감하게 맞선 글쓰기는 지금껏 없었다.

아프거나 장애가 있거나 게이이거나 레즈비언이거나, 글쓰기의 영토에선 빛나는 주체였다. 풍성하고 윤택하고 장렬하고 쪼잔하고 비겁하고 명랑하고 다정한 글들이 삶을 찬연하게 만들었다. 축복받은 글방이었다.

때가 되면 불현듯 눈을 든다

　종종 글방에 관심을 보이는 출판사들이 있었다. 그러시냐고 무심히 넘어가곤 했는데 어느 해인가 글방을 참관하고 싶다는 요청이 들어왔다. 출판사 한 곳과 방송국 한 군데서 비슷한 시기에 연락이 왔길래 한날에 같이 오시라고 했다. 수요일 저녁, 여느 때처럼 우리는 모여 글을 나누고 차를 따르고 합평 준비를 했다. 참관하러 오신 분들과 인사도 나누었다.

　오래전이라 무슨 글이 나왔는지는 생각이 안 나지만 그날의 뜨거운 이슈는 '섹스'였다. 당시 글방은 연애와 섹스에 관한 글이 난무하던 때였다. 때로 글방에서는 한 가지 이슈나 사안에 몰두하기도 한다. 생애사 작업을 할 때는 한 달 정도 집중해서 할머니 할아버지에 관한 인터뷰를 바탕으로 글을 쓸 때도 있고 촛불집회 같은 특별한 일이 있으면 그와 관련한 글들이 집중적으로 나오기도 한다. 어쨌거나 당시 글방의 주요 멤버였던 리사와 담은 매주 열렬히도, 사랑과 몸의 언어에 관한 글을, 지치지도 않고 써 왔다. 그날도 그런 날 중의 한 날이었으리라.

어쩌다 보니 리사는 섹스가 얼마나 황홀하고 멋지고 서로를 이해하는 데 중요한 요소인가에 대해 이야기하고 있었고 생강은 그건 리사의 생각과 경험일 뿐이며 다른 사람에게는 그렇지 않을 수도 있다는 반론을 펴고 있었다. 리사는 왜 섹스가 달콤하지 않을 수 있는지 이해할 수 없다는 입장이었고 생강은 자신의 경험을 일반화하는 것은 위험하다고 공방했다. 물러설 수 없는 토론이 되어가는 바람에 오르가슴과 체위와 삽입과 전희, 질주름 따위 섹스와 관련한 오만 이야기가 다 나오고, 흠, 말았다. 다른 글방러들 역시 한마디씩 거들었기 때문에 논쟁은 점입가경, 나는 슬쩍 출판사와 방송국에서 온 분들의 표정을 살폈다. 두 분 모두 노트에 뭔가를 적으며 고개를 들지 않고 있었다. 그쯤에서 정리를 해야 할 거 같았다.

"저도 발언할게요. 음, 오르가슴과 관련해서는 A부터 Z까지 다양한 스펙트럼이 존재할 거 같아요. 섹스는 어쨌든 지극히 개인적이고 다층적인 영역이라는 걸 인정하는 게 중요하다고 봐요. 내 경험과 전혀 '다른' 세계가 있다는 걸 인정

하는 것, 그 다른 영역이 궁금하다면 탐구하는 것, 그것이 중
요할 거 같네요. 자, 다음 글로 넘어갑시다. 시간이 많이 남지
않았네요."

글방은 6시에 시작해서 8시에 끝나는 경우가 대부분이
라 우리는 늦은 저녁을 같이 먹곤 했다. 그날도 8시를 훌쩍
넘겼으므로 배가 고팠고 우리는 밥을 먹고 가자며 주섬주섬
원고들을 챙겼다. 나는 두 분의 손님에게 같이 식사를 하지
않겠느냐고 물었다. 어쩐지 두 분 모두 아, 일이 있어서요, 어
쩌죠 급히 갈 데가 생겨서, 하며 가방을 멨다. 이 밤에? 라고
생각했으나 뭐 그럴 수도 있겠지, 인사를 하고 헤어졌다.

저녁 식탁에서 비빔밥을 한입 가득 떠 넣으며 조개가 물
었다.

"근데 아까 그분들 왜 오셨대요?"

왜 오긴, 너희 글 보러 왔지, 살살 좀 하지 그랬냐, 뭔가
문학의 본질과 삶의 속성, 작가정신 같은, 근사한 말도 한두
마디 좀 하지 그랬냐, 하는 말은 미나리를 씹으며 속으로 삼
켰다. 우리도 치열하게 문장 강화와 시대정신과 인물의 전형
성과 보르헤스의 환상적 리얼리즘과 마르케스의 마술적 리
얼리즘, 전복과 전위, 의식의흐름 기법 같은 이야길 하는데
어쩌자고, 흠. 그래도 생각해보니 참 훌륭한 작가들이었다.
세상의 시선 따위 손톱만큼도 개의치 않는. 물론 그날 이후
출판사와 방송국에서 별다른 제안은 없었다. 머릿속에 그렸
던 글방과 막상 와서 본 글방 사이의 간극이 아마도 '의외로'
컸을 것이라고 생각하며 잊어버리고 말았다.

그 시기, 리사와 담이 연애와 섹스에 관한 글을 줄기차게 썼다면 하마는 가난한 어린 시절의 자신과 어머니에 대한 이야기를 썼다. 조개는 쿠웨이트 이야기를 계속 썼다. 청소년 시기를 보낸 쿠웨이트에서 겪은 낯섦과 좌절과 기이함과 고고한 자존에 관한 이야기를 끝도 없이 써 왔다. 그런 시기가 있다. 어떻게든 그 시절, 그 사건을 혹은 그 기억을 복기하고 반추하고 해석해내 스스로 이해하고 납득하고 정리해야 다음 단계의 삶으로 넘어갈 수 있는. 그날이 언제 올지는 아무도 모르는 일이므로 글방러들은 함께 글을 읽고 섬세하게 공분하고 가열차게 지지하고 적확하게 비평하는 데 맹렬하게 몰두했다, 지치지도 않고.

언젠가 하마가 물어왔다.

"어딘은 젊은 시절 우울증을 경험하지 않았어요?"

하마의 탐구 대상은 어느새 왜 수많은 젊은 여성들이 깊은 우울을 앓고 있는가의 문제로 넓어지고 있었다.

"음, 기본적으로 청춘이 겪는 우울함 같은 걸 질문하는 게 아니라면, 내 젊은 시절의 가장 큰 화두는 우울이라기보다는 비겁하지 않은 삶이었던 거 같아. 친구와 선배가 잡혀가고 고문당하고 기찻길에서 바닷가에서 주검으로 발견되던 시대였으니까. 친구로부터 유언을 쓴 편지를 건네받아야 하는 험악하고 고약한 시대였어. 구체적으로 목숨을 걸던, 돌이켜보면 그렇게나 젊고 그렇게나 푸르던 나이에, 구체적으로 목숨을 걸던 시대라는 게 있었네. 하마, 나는 아직도 기억하는 이름이 너무도 많아. 명동성당에서 할복했던 조성만,

신림 사거리에서 분신한 이재호 김세진, 전남대에서 분신한 박승희, 백골단과 경찰에게 쫓기다 죽은 김기정, 고문당해 죽은 이철규… 부르자면 한 시간도 넘게 걸릴 거야. 그러니까 내 글은 그들과 맞닿아 있어. 어찌 우울이 없었겠어. 우울에 감염되지 않으려고 우리는 함께 책을 읽고 함께 노래 부르고 함께 술을 마시고 함께 어깨를 겯고 거리를 내달렸던 거 같아. 하지만 그 우울과 네가 말하는 우울의 사이는 넓고 깊을 거야. 겹치는 부분이 없을 수도 있어. 그러니까 너는 네 시대의 우울의 이야기를 쓰고 나는 내 시대의 우울의 이야기를 쓰면 되겠지.

작가는 자신이 살던 시대의 이야기를 쓸 뿐이야. 에밀리 브론테가 『폭풍의 언덕』을 쓰면서 뭐랄까, 민음사 세계문학전집 118번이 되리라고 생각이나 했겠니. 바람 불고 비 오고 안개 끼는 하워스, 오 그야말로 폭풍의 언덕이더구나 실제로 가보니, 그 우울한 하워스의 목사관에서 연애에 대한 로망과 공상과 풍문과 상상으로 버무린 이야기를, 창문이 바람에 덜컹이는 소리를 들으며, 밤마다 써내려갔을 뿐일 텐데, 사랑에 관한 고전이 되어버렸지. 연애와 불륜과 관련한 대부분의 영화와 드라마가 『폭풍의 언덕』의 변주라는 생각이 드는 걸 보면 19세기 영국 사람들의 욕망의 지형과 21세기 사람들의 내면이 그리 다르지 않은 거 같아. 작가는 그 시대를 벗어날 수 없지만 이야기는 시간 밖으로 미끄러져 나와 몇 세기를 훌쩍 넘어 우리 손에 당도하기도 하지. 나름 멋진 일이지 않니. 그러므로 하마, 너는 네 이야기를 쓰면 돼, 네가 가장 하고 싶은."

하마는 자신과 어머니에서 여성과 과학 분야로 이야기의 영토를 확장했다.

그렇게 연애 이야기만 써대던 리사는 이제 채식과 동물권과 택배 노동자의 죽음과 농부에 대한 이야기를 쓴다. 리사와 쌍벽을 이루던 담은 이삼십대 여성의 우울과 계급과 돌봄의 문제에 천착하고 있다. 학교 밖 청소년에 관한 글로 시작한 룩은 코다(CODA, Children of Deaf Adults, 농인 부모의 자녀) 이야기로 지평을 넓히더니 베트남전쟁까지 뻗어나갔다. 자기 자신에서 출발해 가족을 들여다보던 눈이 아시아로 향하는 과정을 곁에서 지켜볼 수 있었다. 청소년기 시기의 이야기에 집중하던 조개 역시 최근에는 자신이 돌보는 유치원 아이들에게로 눈길을 돌리며 재난의 시대 풍경을 정밀하고 예민하게 포착해내고 있다.

누구도 이들에게 어떤 글을 쓰라고 요구하지 않았지만 때가 되면 불현듯 눈을 든다, 아득하고 광활한 세계, 미세하고 섬약한 생명들을 향해. 그리로 홀리듯 나아가고 다가간다. 이야기는 겹치고 흐르고 관통하고 당기고 밀며 이 시대의 풍경을 오롯이 드러낼 것이다. 가장 개인적인 것이 가장 정치적인 것이다. 그리고 가장 개인적인 것이 가장 창의적인 것이다. 불화와 갈등과 처참한 패배와 깊게 그어진 상처와 까맣게 타들어가 잿더미가 된 그 이야기들 안에 아마도 이 우울의 시대를 벗어날 탈주의 방향과 비상구가 비밀스럽게 아로새겨져 있을 것이다. 이들의 이야기가 바로 시대정신의 핵이 될 것이다. 이런 말을 듣는다면 저들은 아마 펄쩍 뛰겠지. 무슨 말씀이세요, 저는 하고 싶고 해야 하는 이야기를 쓸 뿐이라고요.

> 장덕준 씨는 쿠팡 칠곡 물류센터에서 물류 작업을 하는 이십대 노동자였다.
>
> ── 이슬아, '일간 이슬아'(2021년 2월 19일 자)

6~7년 전 그날, 글방에서 나눈 글과 대화를 기억하는 출판사와 방송국 사람들은 리사, 그러니까 이슬아가 장차 이런 문장으로 시작하는 글을 쓰고 혼자 힘으로 책을 내고 스스로 독자를 모으게 될 줄은 예견하지 못했을 것이다. 어쩌면 리사 역시 마찬가지였을 것이다. 여전히 우리는 모른다, 그녀가, 그녀들이 어떤 글을 쓸지. 어쩌면 작가들 역시 모를 것이다. 인물의 시대에서 만물의 시대로, 주어를 확장하고 변주해갈 뿐.

시인의 탄생

동지팥죽을 차려놓고 막 먹으려던 참이었다. 잘 익은 동치미와 장아찌를 곁들이고 연말이니 와인 한잔하자며 쨍, 잔을 부딪치는데 지지지지징 핸드폰이 울렸다. 안전안내문자려니 하고 한 술갈 뜨는데 함께 먹던 뱅이 뭐가 계속 오는데요, 핸드폰을 건넸다. 그룹채팅방에 54개의 메시지가 떠 있었다. 고글리 방이었다.

－오 여탐! 신춘문예 수상한 거야?

－너무너무 축하해.

－앗 여탐 등단.

－오오 축하축하.

─시인 변혜지라니 넘 감동쓰.

─등단한 시인이 되었다니, 일본에서 자전거 타고 집에 오다가 울 뻔.

온갖 축하 이모티콘이 올라와 있었고 계속 올라오는 중이었다. 요지인즉 여탐이 모 신문의 신춘문예 시 부문에 당선이 되었다는 것이다.

"신춘문예요? 요즘도 그런 걸 해요?"

뱅이 아삭, 동치미 무를 베어 물며 말했다.

"그러게, 나도 깜박하고 있었네."

어쨌거나 나도 축하 메시지를 입력했다.

"진짜 경사인가 보네요, 어딘 밥상에서 핸드폰 안 쓰잖아요."

뱅이 새알을 입으로 가져가며 말했다.

─브라보 여탐, 축하축하, 당선작 미리 볼 수 있어?

무리한 부탁일 수도 있건만, 이것이옵니다 헤헤, 답장과 함께 우리들의 시인은 기꺼이 수상작을 공유해주었다.

나는 소리 내어 뱅에게 여탐의 시, 「언더독」을 읽어주었다. 마지막 행을 듣더니 뱅이 말했다.

"아름다우면서도 서늘하네요."

"시 쫌 볼 줄 아는데요."

마음이 흥성거려 말도 흥겨워졌다.

"그런데 어딘도 신춘문예 같은 데 내보고 그랬어요?"

"음, 네, 했죠."

아버지가 나를 불렀다. 1월 1일 아침이었을 것이다 아마도. 1990년이었으니 종이신문이 위세를 떨치던 시절이었다. 모든 신춘문예 당선작은 1월 1일 아침 각 신문에 특집으로 발표되었다. 그때만 해도 신춘문예는 작가로 등단하는 주요한 공식 통로 중 하나였다.

"이 김현아가 아무래도 너인 거 같은데 맞나?"

펼쳐진 신문에서 아버지가 가리키는 부분을 보았다. 신춘문예 최종심에 오른 시에 대한 평이었다. 두 편을 놓고 고심한 끝에 올해는 이 시를 수상작으로 결정하지만 최종심에 오른 만큼 나머지 한 사람의 시도 매우 훌륭하니 정진하라, 뭐 그런 이야기였을 것이다. 그 '나머지 한 사람'이 김현아였다. 평에서 인용한 부분을 보니 내가 쓴 시였다. 어라, 그렇지만 나는 신춘문예에 투고한 적이 없는데. 황당해하는 나와 달리 아버지는 자신의 딸이 '나머지 한 사람'이 된 것에 매우 만족해하셨다. 나중에 알고 보니 지인이 내 시를 묶어서 응모한 것이었다. 시를 쓰는 것이 부끄러운 시대였다. 그 시절, 눈에 띄게 글을 잘 쓰는 후배가 있어 문학 동아리에 들어오지 않겠느냐고 물었을 때 담배를 꺼내 물며 그녀가 말했다.

"지금이 시를 쓸 시절은 아니지 않아요 선배?"

1987년이었고 나는 대답을 하지 못했다. 혹은 하지 않았다.

"시는 혁명이 끝나고 씁시다."

후배는 단식농성에 들어간다며 자리에서 일어났다. 그 시대에 신춘문예에 시를 투고하는 일은, 그러니까 좀 부끄러운 일이었다. 그럼에도 불구하고, 그래서 오히려, 1980년대는 시의 시대였다. 황지우, 곽재구, 박노해, 최승자, 고정희, 김남주, 도종환, 장정일, 김준태, 이성복, 안도현, 김승희, 김진경, 백무산, 고은, 양성우, 신경림, 김사인, 이승하…. 아우슈비츠 이후에도 서정시가 가능하냐는 질문에 시인들은 치열한 답을 하고 있었고 우리는 각자 읽던 시집을 서로의 생일날 선물로 주고받았다.

"여탐이란 친구도 글방에 다니던 친구였어요?"

"음 거의 시조새라고 할 수 있죠, 글방의 전신인 창의적 글쓰기에서부터 함께했던 친구니까요."

"될성부른 나무였나요?"

이미 팥죽은 식었고 와인은 벌써 세 잔째였다. 네 잔째 와인을 따르며 나는 큭큭큭, 웃음을 멈출 수 없었다.

"여탐은, 흐흐흐, 여탐은 진정 될성부른 나무였죠. 그렇게 욕을 먹고도 참 오래…."

갑자기 여탐에게 미안해졌다.

공부를 해야 해, 경험만으로 쓰는 데는 한계가 있어. 여탐 글에 대해 합평할 때 내가 가장 많이 한 말이다. 매번 빼놓지 않고, 특히 여탐에게, 지치지도 않고 하고 또 했던 말이다. 글이라는 건 말이야 네 이야기를 쓰는 것 같지만 네가 속한 세상을 재현하는 거야. 네가 써 온 아르바이트 이야기 안에서 우리는 자본주의와 신자유주의적 질서가 일상에서 어떻게 구동되는지 읽어내잖아. 공부라는 건 세상을 작동시키는 기제를 파악하는 거야. 무엇이 사람들의 몸과 마음을 움직이는가에 대한 관찰과 해석이 예민하지 않으면 읽으나 마나 한 글이 되어버리는 경우가 대부분이야. 그러니 여탐, 공부를 해.

연애 글을 써 오면 나는 사랑이 무엇이냐고 물었다. 종의 존속을 위한 생물학적 호르몬의 분비로 말미암은 현상인가, 잠시의 정신병증인가 혹은 이미지인가 또는 교환인가, 여자와 남자가 동등하지 않은 상태에서 평등한 사랑은 가능한가, 다자연애는 왜 부정당하는가, 동성애자의 사랑은 왜 금지당하는가, 산업혁명 이전의 연애와 이후의 연애는 어떻게 다른가, 연애의 법칙과 공식은 시대별로 어떻게 다른가, 새들이 펼치는 구애와 물범의 구애와 인간의 구애는 어떻게 다르고 같은가. 이것을 모르고 연애 이야기를 쓰는 것은 얼마나 순진하며 스스로를 혹은 독자를 기만하는 일인가. 내가 이런 말을 하는 동안 여탐은 눈을 반짝였던가, 헐 내가 안 쓰고 만다, 하는 표정을 지었던가.

엄마와의 갈등에 대한 글을 써 오면 가족의 기원에 대해 공부하라고 얘기했다. 인간이 사바나의 숲으로부터 나와 직립보행을 시작했을 때부터 인류는 지금 같은 가족의 형태를 유지했을까, 인간이 표범과 같이 표표히 혼자 살지 않고 무리를 지어 사는 이유는 무엇인가, 혼인의 형태는 어떻게 변화되어 왔으며 그것은 진화인가 혹은 한 성의 승리인가, 사적 소유의 축적과 가부장제의 연관성은 무엇인가, 신라시대 김유신이 자신의 조카와 결혼한 것은 도덕적으로 타락한 것인가 당시 지배계급의 구조에서 기인한 것인가, 너를 규정하는 금지와 금기는 언제부터 시작된 것이며 어디에서 비롯된 것인가. 이런 질문 끝에 나는 말하곤 했다. 네게 입력된 도덕과 윤리를 의심하고 때로 가차 없이 탕탕탕 박살 내지 않는 한 너는 너를 이해할 수 없을 뿐 아니라 인류를 이해할 수 없을 거야. 인류에 대한 정치한 탐구가 없는 한 글은 반복일 뿐이야. 이 세상에서 가장 지루한 일이 반복적인 글을 읽는 거지.

이런 이야기를 듣던 여탐의 옆모습이 생각난다. 진지했지만 때로 어쩌라고, 하는 기분이 들 때가 더 많았을 테다. 갓 열일곱의 소녀에게 나는 그때 어쩌자고 그토록 무지막지했던가.

나는 왜 여기 이런 모습으로 살고 있나? 글쓰기는 어쩌면 이 질문에 대한 답을 찾는 것이리라. 여행도 명상도 요가도 산책도 달리기도 책 읽기도 설거지도 요리도 아마 해법 중의 하나일 것이고 그중에 공부도 포함될 것이다. 공부는 DNA에 축적되어 있는 수많은 경험을 되살려내는 것이다. DNA 속에는 내 엄마 아빠가 그 엄마의 엄마 아빠가 그 아빠의 엄마 아빠가 다시 그 엄마의 엄마 아빠가 했던 사랑과 좌절과 탐험과 열망과 불안과 희열과 흐느낌과 속삭임이 각인되어 있다. 공부란 1만여 년 전의 인류가, 20만 년 전의 인류가 했던 경험과 기억을 마음껏 공유하는 것이다. 부모미생전의, 어쩌면 아직 인간도 훨씬 전, 광합성만으로 생을 푸르게 할 수 있던 시절의 이야기까지 선연하게 새겨져 있을지도 모를 일이다. 몸은 벗어나지만 이야기는 남기고 떠난 이들이 꼭 전하고 싶고 전해야만 했던 이야기들이 쌓이고 쌓이고 쌓인 것이 지금의 내 몸이라면 내 글쓰기는 그러므로 그들과 함께 하고 싶고 해야 하는 이야기이리라 아마도.

이 세계를 네가 구했어.

나를 사랑하는 이들이 나의 얼굴을 어루만지며 중얼거린다. 폐허가 된 도시에 둘러싸여서, 꿈속의 나는 아름다웠다. 나의 아름다움이 나의 의지와 무관하였다.

눈을 빼앗길 만한 장면이어서 나는 이 세계와 어울리는 음악을 마련하였다.

화관花棺 속에 두 손을 가슴에 모은 내가 누워 있었고, 살아남은 모든 이들의 행렬로 거리가 잠시 가득 찼다.

나는 어떻게 이 세계를 구했나. 나의 궁금증이 이 세계와 무관하였다.

연인이 내게 입을 맞추며 엄숙하게 사랑을 맹세하였고,

잠들었던 관객이 영화의 결말을 보며 고개를
끄덕이듯이, 나는 영문 모를 격정에 휩싸였다.

그 자리에 있어야 하는 건 네가 아니야. 내가
꿈속의 나를 향해 소리치자

나를 사랑하는 이들이 일제히 나를 노려보았다.

나는 행렬 속으로 뛰어들었다. 나의 격정이 나와
무관하였고, 화관에 누운 내가 나를 보며 웃고
있었다.

비로소 이 꿈의 구성방식을 알 것 같았고,

나는 이 세계에 두고 나가야 할 것에 대해
생각해야 했다.

———— 변혜지, 「언더독」*

열일곱 살의 여탐이 서른한 살이 되었다. 그리고, 시인
이 되었다. 한 시인의 등장은 한 세계를 탄생시키는 일이다.
무엇을 쓸 것인가, 절멸의 불안이 횡행하는 이 시대에. 시는

---

* 『세계일보』 2021년 시 당선작.

위로가 될 것인가 피난처가 될 것인가 비상구가 될 것인가. 시는 인간을 구할 것인가 개를 구할 것인가 닭을 구할 것인가 나무를 구할 것인가 돼지와 소와 양과 거위와 고래와 물고기를 구할 것인가. 언어가 사물을 구할 수 있는가. 세계는 무너져 내리고, 친구는 위태로운데, 시인이여, 세상의 얼굴을 정면으로 마주보는 위험을 혹은 용기를 당신은 선택하려는가.

우리가 서로에게 낙하하는 것은

글방을 마치고 나면 남는 건 그날 나온 원고의 프린트물들이다. 이런저런 메모가 되어 있고 어떤 문장에는 밑줄이 그어져 있고 어떤 단어에는 물음표가 붙어 있는 초고 상태의 원고들. 며칠 동안 같은 가방을 들고 다닐 때면 반 접힌 A4 상태의 원고들이 그대로 들어 있는 경우가 종종 있었는데 어쩐지 그 글들을 낭독하던 시절이, 예전엔 자주, 있었다.

술을 한두 잔 마시고 적당히 낙낙한 기분이 되었을 때 손수건을 찾는다거나 핸드폰이 울린다거나 해서 가방을 열었다가 예기치 않게 원고가 눈에 띄어, 글 한 편 읽어줄까 엄청 재밌는데, 하면 다들 오 좋아좋아, 하는 분위기가 되었다.

거나한 술자리가 아니라 두세 명 혹은 서너 명이 오붓이 만나는 자리에서였고 오랜 시간 관계를 이어온 친밀한 사람들이라 내가 하는 일에 대한 이해가 있었기에 가능한 일이었다. 출판 일을 하거나 글을 만지는 사람들이 아무래도 많았다. 흠흠, 목소리를 가다듬고 조도가 낮은 조명 아래에서 글을 읽어 내려가면 묘한 집중이 이루어졌다. 읽다 보면 나도 글 속으로 빨려 들어가 목이 메거나 눈시울이 뜨끈해지는 경우도 있었다. 글을 다 읽고 나면, 오 대단한데 왜 이렇게 잘 써? 놀라기도 하고 잠시 다들 말없이 술을 마시기도 했다, 마음이 복잡해진 얼굴로.

"먹먹하네."

"고군분투하는구나 다들, 사느라."

"근데 당신이 읽어주는 글은 뭐랄까 작가와 독자 사이가 초근접한 느낌이야."

"어떻게 이렇게까지 자신을 드러낼 수 있지? 그 용감함이 경이로워."

"글에서 진정성이 가지는 비중에 대해 생각하게 돼."

"진심과 절박함과 용기, 글이 가지는 뜨거움의 요소들인 거 같아."

「어머니 전상서」는 그중에서도 여러 번 낭독했던 글이다. 편지글 형식이라 읽는 나도 편했고 듣는 이들의 몰입도도 높았다. 무엇보다 내가 좋아한 글이다.

"어떻게 이렇게 쓸 수 있지, 아니 어떻게 이렇게 생각할 수 있지?"

"십대가 쓴 글 맞아? 놀라워, 섹스를 이렇게 다룰 수 있다니."

나도 그랬다. 읽을 때마다 글쓴이의 통찰과 관조와 마음자리가 감탄스러웠다. 글을 다룰 줄 아는 사람이란 곧 삶을 해석할 줄 아는 사람이다. 경험을 몸에서 떼어내 세상 속으로 보내고 그 풍경을 곰곰이 들여다볼 줄 아는 사람이다. 애증과 수치와 모욕과 공포와 분노를 내 것인 듯 내 것 아닌 내 것 같은 것으로 다룰 줄 알게 되기까지는 스스로를 '견디는' 혹독한 시간과 스스로를 '넘어서는' 고단한 수련이 필요하다. 「어머니 전상서」는 글이 혹은 세상이 아름다우면서 아플 수 있고 아픈 것이 나쁜 것은 아니며, 우리가 서로에게 낙하하는 것은 부서지지 않기 위함임을 보여준다.

어머니, 접니다. 99.
일단 한번 웃고 넘어가지요, 에헷. 그래야 편지가
귀여워지니까요. 어머니는 귀여운 것을 좋아하시지
않습니까. 최대한 많이 웃으며 편지를 써 내려가고
싶지만, 얼마나 그렇게 할 수 있을지는 저도 잘
모르겠습니다. 오늘은 제가 하고 싶은 이야기를 하려
하거든요. 다시 말해, 여기서는 '앞으로 어머니 말씀
잘 듣겠습니다. 사랑합니다' 같은 말은 하지 않을
거라는 이야깁니다. 이런 편지를 쓰게 되어 참으로
죄송하게 생각하고, 저도 참 마음이 아프네요. 저…

그러면 이야기를 이어나가도 될까요?

　어머니, 저 처녀가 아닙니다. 영화에서 나오는
것처럼 발가벗고서 비비적대는 것이 섹스의 다가
아니라는 걸 알면서 하는 소립니다. 너무 놀라지
않으셨으면 좋겠네요. 요즘 친구들 대부분이 제
나이와 비슷하게 첫 섹스를 경험한다고는 하니까요.
그리고 저는 어머니 생각처럼 순수하지도 않고,
순수하고 싶지도 않으니까요. 아, 입만 열면
어머니께 죄송한 말들이 쏟아지네요.
　제가 첫 섹스를 함께한 사람은 다행히도 제가
무척이나 사랑하는 사람이었습니다. 온 마음을
다해 좋아했고 그래서 그와 연애했습니다. 서로를
향한 마음은 숱한 말과 글로, 또 언제부턴가는
몸으로 표현되었습니다. 몸의 표현은 따스했고
매혹적이었고 아름다웠지요. 어떤 단어로도 다
표현되지 않는 그때의 느낌을 어머니도 알고
계시리라 생각합니다.
　스킨십의 문을 연 뒤로 새로운 설렘과 즐거움에
무척이나 들떠 있었지만 얼마 가지 않아 진도를 더
나가지 못했습니다. 왜냐고요? 드라마 주인공들은
데이트 과정에서 누구도 섹스를 하지 않더라고요.
그 이쁘고 착한 기지배들은 뽀뽀 두 번 하고 아주
행복한 얼굴로 웨딩드레스를 입더라고요. 훗날 내

남편이 내가 처녀가 아니라는 사실에 배신감을
느끼지 않을까 하는 두려움, 어머니 아버지가
이 사실을 알게 되면 얼마나 상심하실까 하는
미안함으로 죄스러워 섹스하지 못했습니다.

　　그렇게 욕망과 죄스러움의 싸움이 지지부진하게
몇 개월간 이어졌고, 결국 제가 도달한 결론은 '고'
하는 것이었습니다. 달떠 있는 애인 때문에 내린
결정은 아니었습니다. 주체적으로 살고팠고 그와
섹스하고 싶었습니다. 내 처녀성은 언젠가 만나게
될 남자의 것이 아니라는 판단에 더해 누구의
핑계도 대지 않고, 유보도 하고 싶지 않아 내린
결정이었습니다. 그래서 했습니다. 그 사람은 몇
달간을 제가 준비가 될 때까지 기다려준 사람이었고
콘돔도 챙겼으니 너무 큰 걱정은 저 한구석에
접어두셔도 될 것 같습니다(어머니 세상에 얼마나 못된
새끼들이 많은 줄 아십니까? 콘돔 안 끼는 새끼, 섹스를
강요하는 새끼, 자신만의 기괴한 성적 취향을 요구하는 새끼
등등. 이런 새끼는 고추를 꺾어버려야 합니다. 다행히도
아직까지 저는 누구를 성 불구자로 만든 일은 없으니
안도하셔도 됩니다).
　　저는 첫 섹스 이후 내 몸을 내 멋대로 할 수
있다는 사실을 몸으로 알게 되었습니다. 그러자
더는 저 자신이 애가 아니라고 생각되더군요. 보이지

않던 것들이 보이기 시작하고 그 의미가 이해되기
시작했습니다. 말로는 구구절절 설명하기 힘든 어떤
변화가 몸에도, 마음에도 찾아온 것이었지요. 이제
처녀가 아닌 것을 평생 후회하지 않을지는 좀 더
살아봐야 알 것 같습니다만, 아직까지는 잘했다고
생각하고 있습니다. 다만, 딱 한 가지만 빼고요. 저는
위에 썼다시피 제가 처녀가 아니게 되었을 때 남들이
보낼 시선을 두려워했을 뿐, 다른 고민이나 준비를
거치지 못했습니다. 섹스 후 어떤 변화가 생길지
생각하지 않았고, 첫 섹스는 제가 살아가며 단 한 번
겪게 될 중요한 사건이자 변화와 성장의 계기이니
낭만적이고 황홀한 축제여야 했는데 당시 상황이
그렇지는 못했습니다. 미련이 남는 부분이지요.

　너무 웃지 않은 것 같아 이쯤에서 한번 웃고
넘어갑니다. 에헤헷.

　청심환을 하나 드시길 바랍니다.
　저는 어머니와 아버지의 다른 섹스 파트너들을
압니다. 정확히 어떤 관계인지, 얼마간
유지되었는지는 모르지만, 어머니의 핸드폰에서
어떤 아저씨와 어머니가 홀라당 벗고 야릇한 포즈를
취하고 있는 것을, 아버지의 차 깊숙한 곳에서
발견된 편지에 '그날 밤'에 대한 이야기가 적혀 있는
것을 보았습니다. 어머니가 다 벗고 이야기만 했다고

말씀하신다면 저는 딱히 할 말이 없습니다만 지금의
저는 그렇게 추측하고 있을 뿐입니다.

　저는 어머니 아버지가 매일 밤 목소리를 높이시는
것이 바로 이 때문이라고 생각하고 살았습니다.
의문의 아저씨와 아줌마가 우리 가정을 이렇게
만들어놓은 것이라고. 그 새끼/그년만 아니면 나는
매일 밤 문고리를 걸어 잠그고 혹여나 고아원에
가지는 않을까 하는 두려움에 울지 않아도 된다고.

　그래서 핸드폰 속의 아저씨와 얼굴도 모르는
편지의 주인공을 그려놓고 펜으로 짓이기는 일도
서슴지 않았습니다. 그들이 말도 못하게 미웠습니다.
그리고 그들 못지않게 매일 식탁에 마주 앉는 두
분을 미워했습니다. 배우자가, 저처럼 사랑스러운(!)
딸이 있는 사람들이 왜 밖에서 '그 짓'을 할까.
이건 정말 동물이다, 더럽다, 그렇게 부모님을
생각했습니다. 또 한번 죄송한 마음을 전합니다.

　그러니까, 하고 싶은 말은 지금부터입니다. 제가
섹스를 '그 짓'으로 더는 표현하지 않게 된 것도
다 제가 섹스를 경험한 뒤의 일입니다. 섹스는 '그
짓'으로 표현되기에는 너무나 괜찮은 것이란 걸
알게 되었거든요. 섹스가 가져다주는 따뜻함, 설렘이
가져다주는 활기, 어떤 두려움과 불안을 삼키는
몸의 체온들, 나의 존재를 다시 한번 확인시켜주는

과정. 종종 섹스 중에 눈물이 나오는 것도 바로
이런 이유가 아닐까 생각합니다. 언젠가 문득
어머니 아버지도 이런 것들이 필요했던 게 아닐까,
어머니 아버지도 내가 생각하는 것만큼 대단하지
않아서 불안하고 두렵고 자기 존재를 확인하기 위해
무언가를 애타게 쫓는 것은 아닐까, 하는 생각을
하게 되었습니다. 망측스럽게도 섹스 중에 말이지요.

이제 저는 어머니 아버지를 더는 미워하지
않는다는 얘기를 하고 있는 겁니다.

그냥 이 모든 것들이 확 풀어져버렸거든요.

그냥, 그렇다고요. 에헷.

어머니, 난데없는 질문 하나 드릴까 합니다.

연애가 뭔가요? 요즘 제가 골몰하고 있는
고민거리가 바로 이것이라서요. 어머니가 저보다
연애를 많이 해보셨을 테니 여쭙는 겁니다. 연인과
친구의 경계는 어딘가요? 연인이라고 할 수도
없으나 친구도 아닌 오묘한 관계, 친구와의 만남에서
혹은 연애를 하다가 불현듯 도달하게 되는 이
지점은 무엇일까, 궁금합니다. 사실은 제가 지금
그렇거든요. 그래서 이런 고민을 해결하기 위해
사람들을 붙잡고 물어보기도 하고 책과 인터넷에
떠도는 사랑 이야기 또는 친구 이야기를 샅샅이
뒤졌습니다. 혼란을 깨끗하게 정리시켜줄 빛과도

같은 조언을 기다리면서요.

연애 중 불안 요소와 맞닥뜨릴 때마다 제가 잡고
있던 것은 '연인'이라는 호칭이었어요. 그 호칭
속에 숨어 있는 암묵적 약속들, 정기적인 연락과
만남을 통해 애정 확인받기, 서로를 챙김, 서로가
아닌 다른 누군가에게 마음을 품거나 스킨십을
해서는 안 됨 등이 필요하고 이를 어길 시 반칙이
되어 화내거나 요구할 수 있기를 바랐던 것이지요.
그 바람의 근저에는 남겨지는 것, 버려지는 것에
대한 공포가 있습니다. 나의 매력, 나의 아름다움,
나의 소중함 등의 가치를 인정해주는 사람, 온전한
내 편이 사라지는 것은 아닐까, 나는 다른 사람보다
덜 매력적이거나 덜 소중한 것일까(나는 왜 사랑받지
못할까, 나는 진정 시시한 인간이던가 하면서 끝나지 않는
비교. 으, 생각만 해도 궁상맞고 찌질해지는 순간들이지요).

그런데 이때의 느낌이 어머니 아버지에게
버려질까 두려워하던 순간의 그 느낌과도 어느
부분 비슷하더이다. 왜 아직도 이 공포는 내게서
떨어지지를 않는 것일까요? 유년기에 저와 같은
경험을 하지 않은 친구도 연애 도중 '남겨지는
것'에 대한 공포를 갖고 있다고 하는데, 이 친구는
왜 그런 걸까요? 좀 남겨지거나 버려지면 안 되는
건가요? 이게 그토록 두려워해야 하는 일일까요? 왜

다른 사람들에게서 나의 가치를 확인하려 할까요?
이렇게 연애하는 것이 과연 건강할까요? 아, 또다시
머릿속이 시끌벅적해집니다.

　몸과 마음, 정신이 건강하게 연애하는 법, 연인
관계도 수많은 '관계' 중 하나라는 것, 첫 섹스는
준비 끝에 최대한 멋지고 빛나게 하라는 것, '그'와
'그 새끼'의 경계, 섹시하고 매력적으로 사는 법,
씩씩하지만 유들유들하게 싸우는 법, 공포와 싸우고
위로하며 함께 가는 법… 세상에는 제가 알고 있는
것보다 더 많은 노하우와 무기들이 있겠지요.

　그런데 어머니, 제가 궁금한 것은 왜 이런 것들은
가르쳐주지 않느냐, 하는 것입니다. 살아가면서
수학이나 영어보다 더 유용하게 쓰일 것들이고,
삶을 행복하게 해주는 것들이고, 이렇게 부모님과
저의 얽힌 감정들을 풀어주는 것들이지 않습니까.
그런데도 왜 이런 것들은 어디에서도 가르쳐주지
않는 것인지요?

　아아, 모르겠어요, 어머니.
　어머니 아버지도 다 어느 과정 중에 있으신
것이겠지요.
　오늘 아침 안방의 꽃병이며 책들이며 화장품들이
바닥으로 곤두박질친 것도 다 어떤 이유가
있어서겠지요.

어머니, 에헷, 에헷, 에헷.

손톱 밑으로 송골송골 맺힌 눈물이 얼 정도로 춥고
서글픈 날, 99 드림

—— 99(구구), 「어머니 전상서」

서늘하다, 여전히. 십여 년이 훌쩍 넘은 지금 읽어봐도
전과 다름없이 유효한 글이다. '어른'이란 무엇인가에 대한
질문을 이토록 통렬히 하는 글을 마주치기는 쉽지 않다. 어
느 가을날의 저녁이었던가. 어쩌면 어느 봄날의 밤이었던 것
도 같다. 창의적글쓰기를 마친 우리는 저녁을 먹으러 가고
있다. 두세 명씩 무리 지어 수다를 떨며 가는 길, 앞에서 하
는 99의 말이 들려왔다. 어른들 말 반만 들으면 돼, 한쪽 귀
로 듣고 한쪽 귀로 흘려. 귀가 번쩍 뜨였다. 아마도 어떤 고
민에 빠진 글방 동무를 위무하는 말이었으리라. 동무에게 용
기를 주느라 한 말이 우연히 듣게 된 나에게 큰 안심을 주는
말이었음을 그때 99는 몰랐겠지. 그의 말에 어쩐지 마음이
가벼워져서 랄랄라 명랑한 마음으로 밤길을 걸었다. 내가 하
는 말의 반만 들어준다니 나는 앞으로도 얼마든지 마음껏 하
고 싶은 얘길 해야지. 사피엔스의 진화는 어른들 말 따위 한
쪽 귀로 듣고 한쪽 귀로 흘린 이들에 의해 이루어졌다고 나
는 확신한다. 이제 99는 어른이 되었고 99의 말 따위 한쪽 귀
로 듣고 한쪽 귀로 흘리는 아이들이 99에게 청심환을 건넬
것이다. 오랜 세월 청소년, 청년들과 글방을 함께 할 수 있었

던 건 언젠가 이들이 나의 동지가 되리라는 믿음 때문이었다. 응답하라 동지들, 이라고 어디선가 다급한 무전을 보내오면 세상의 모오든 곳에서 우리는 응답할 것이다. 무슨 일인가, 동지?

4부

세상에 꽃이 핀다면
그녀들의 웃음소리 때문이다

_글방러들의 글 모음

Why do you cook for Young?

여치

나에겐 저녁을 함께 먹는 사람들이 있었다.

같은 기숙사에 사는 한국인 교환학생 은과 영이다. 개강 전 미리 도착한 은과 내가 삼선슬리퍼로 서로의 국적을 알아차리고 종종 저녁을 같이 해 먹은 지 일주일쯤 됐을 때, 영이 도착했다. 은은 도마를 씻기가 귀찮아서 비닐봉지 위에서 채소를 썰지만 내가 살면서 먹어본 것 중 제일 맛있는 닭볶음탕을 할 줄 아는 여자였다. 영은 자취생이지만 쌀 씻는 법을 내게서 처음 배워본 남자였다. 은은 매 끼니를 인스턴트로 챙길 것이 분명한 영을 빼고 우리끼리만 밥을 해 먹기가 마음에 걸린다고 했고, 나는 식구가 늘어나는 것이 나쁘지 않았다. 돈을 모아 같이 밥을 해 먹자는 은과 나의 제안을 영이 받아들이며 우리는 본격적인 삼인 식사 체제를 꾸렸다.

자연스레 요리는 은과 내가 도맡아서 하고 요리에
젬병인 영은 설거지를 하게 됐다. 밥을 해 먹는 것은
취사뿐 아니라 매일의 메뉴를 고민하고 장을 보는
것까지 포함하는 일이었다. 특히 나 혼자 먹는 것이
아니다 보니 비슷한 메뉴를 돌려가며 먹는 데도
한계가 있었다. 그전까지 줄곧 부모와 살던 나는
스스로 매 끼니를 챙기는 일이 새롭고 즐거우면서도
익숙지 않고 성가셨다. 그래서 저녁이 다 될 때까지
방에 있다가 밥이 다 돼서야 내려와 밥숟갈을 뜨는
영이 종종 얄미웠고, 괜히 같이 밥 먹자고 했나
후회가 됐다.

　어느 날 세 코리안의 밥상 체제를 신기하게 여긴
한 친구의 질문에 영은 대답했다. "둘이 요리를
하고 내가 설거지를 해. 공정하게 업무를 분담하는
거지." 영의 말대로 우리 셋의 밥상 체제는 공정한
것일 수 있었다. 공정함이 반드시 N분의 1을 담보할
필요는 없다. 요리를 잘하거나 잘하고 싶어 하는
사람은 요리를 하면 되고 아닌 사람은 설거지를
하면 그만이다. 게다가 그는 시간은 오래 걸릴지언정
설거지를 깨끗하게 잘했다. 내가 느끼던 성가심도
요리가 손에 익기 시작하며 점차 사라졌다.

　하지만 이 밥상 체제를 꾸려가며 은과 나에겐
메뉴를 고민하고 장을 보고 요리를 하는 것 말고도
해야 할 일이 또 하나 늘었다. 그것은 바로 질문에

답하는 일이었다. 나는 이틀에 한 번꼴로 같은
기숙사에 사는 타국적의 친구들에게 질문을 받았다.

"Why do you cook for Young(너희 왜 영한테 밥해줘)?"

생각해보니 이 기숙사에 사는 사람들은 모두
각자의 밥을 스스로 해 먹었다. 우리처럼 공동 식사
체제를 꾸린 이들도 있었지만, 누구는 요리만 하고
누구는 설거지만 하는 경우는 없어 보였다. 나는
영이 우리의 친구이고, 같은 나라에서 왔기에 입맛이
비슷하고, 어차피 해 먹는 김에 같이 먹으면 좋다고
답했다. 그러나 질문을 한 사람의 얼굴에선 물음표가
떠나지 않았다.

"근데 왜 영은 요리를 안 하고 너희만 해?"

그는 요리를 못하고, 하더라도 시간이 오래
걸려 답답하며, 대신 그는 설거지를 한다고
답하곤 했지만, 사실 그것이 충분한 답변이 되지
못하리라는 것을 알고 있었다. 나는 그것이
단순한 질문이 아니라는 것을 일찌감치 눈치챘다.
우리에게 그런 질문을 하는 사람들이 대개 빙글빙글
삐져나오는 웃음을 참지 못하는 얼굴이었다고
하면 괜한 피해의식일까? 그런 질문과 얼굴을
마주하는 순간이면 내 머릿속에는 지금껏 타국적의
사람들에게 들어본 어떤 비슷한 결의 말들이 우수수
지나갔다.

어느 날 은과 둘이 밥을 먹다가 나는 입을 열었다.

"은아, 나 애들이 왜 영한테 밥해주느냐고 질문할
때마다 마음이 안 좋아. 우리가 '순종적인 아시아
여자애들'이어서 남자애한테 밥이나 갖다 바친다고
생각할까 봐 힘들어. 내가 그런 스테레오타입을 더
굳건하게 만들까 봐 불편해."

이렇게 말하면서도 그녀가 내게 너무 꼬아서
생각하는 거 아니냐고 할까 봐 겁났다. 그런데 은은
얼마 전 학교에서 있었던 이야기를 나에게 들려줬다.
영의 중국인 친구와 인사하게 됐는데, 그가 은에게
영이 정말 부럽다며, 나도 너희 집에서 살면 매일
맛있는 한국 음식을 먹을 수 있는 거냐고 천진하게
물었다고 한다. 은은 그 말에 악의가 없음을
알면서도 기분이 몹시 나빴다고 했다. 마치 자신이
그들에게 밥해주는 사람 취급을 받은 기분이었으며,
기숙사에서 비슷한 질문을 받을 때도 나와 같은
기분을 느낀다고 했다. 우리는 한참을 이야기했다.

그로부터 며칠 뒤 나는 영과 둘이 밥을 먹었다.
그는 담배를 피우고 와서 설거지하겠다며 그릇을
그대로 두라고 하고 밖으로 나갔다. 나는 그릇을
미리 따뜻한 물에 불려놓는 것이 설거지하기에
좋을 것 같아 그릇을 싱크대로 옮겼다. 그런데 그런
사소한 행동에서도 나를 검열하는 일을 멈출 수가
없었다. 내가 밥해주고 설거지까지 하는 것처럼

보이지는 않을까? 애꿎은 그를 향한 미움이 점점
커지던 어느 날, 은과 나는 결국 영에게 이 이야기를
털어놓기로 했다.

우리의 이야기를 듣는 영의 얼굴에는 당혹감과
미안함이 번갈아 비쳤다. 우리는 더는 다른
사람들에게 그런 질문을 받고 싶지 않으니 내려와서
쌀이라도 씻고 자잘한 일이라도 함께 했으면 한다고,
설거지는 번갈아 하면 된다고 이야기했다. 영도
속내를 털어놓았다. 안 그래도 눈치가 보였고,
자기도 늘 뭐라도 거들고 싶었지만 방해만 되는
것 같았다고. 왜 이 이야기를 진작 안 꺼냈을까
민망해질 정도로 서로를 잘 이해하고 이야기가
매끄럽게 흘러갔다. 영은 바로 다음 날 저녁부터
내려와서 밥을 안치고 요리를 거들었다. 감자를 깎는
법부터 하나하나 알려줘야 했지만 마음은 편안했다.
하지만 사실 세 명의 한 끼 식사를 준비하는 데
그렇게 많은 손은 필요 없었다. 밥을 안치는 일은
완전히 영의 일이 되었지만, 요리는 은과 나 혹은
우리 둘 중 하나만으로도 충분했다. 쌀을 안친 뒤
할 일 없이 부엌을 서성이는 영을 보며 내가 너무
형식적인 공정함에 매달리고 있는 건가 싶어 마음이
불편했다. 그렇다고 그에게 요리하는 법을 하나하나
알려주기에는 게을렀다. 결국 우리는 밥 안치는 일을

제외하고는 거의 처음의 구도로 돌아갔다. 은과 내가
밥을 하고, 영이 설거지를 했다. 어느 날 그가 요리를
하겠다며 한 끼에 몇십 유로어치 장을 봐 온 뒤 밤
9시가 넘어 밥을 차려준 뒤로는 더더욱 그렇게 됐다.

그렇지만 더는 그가 얄밉다거나, 남들이 나와
은을 어떻게 볼까 두렵다거나 하지 않았다. 매끼
저녁을 같이 먹고 시간을 보내며 어느새 나는 은과
영을 정말 가깝게 여기고 있었다. 우리는 시답지
않은 일상을 주고받고 아프면 약을 건네주고 누가
술에 취해 엎어져 있으면 데리러 갔다. 영은 은의
건조대에 빨래를 널고, 나는 영의 가방을 메고
가을방학 여행을 갔다. 학교에서 이리저리 치이고
온 날에도 집에 오면 영과 은이 있어서 마음이
든든했다. 매일 저녁 그들과 한 식탁 앞에 앉을 수
있어 안도했다.

"Why do you cook for Young?"이라는 질문을 한창
받을 때, 나는 가능한 한 정치적으로 올바르고
싶었다. 그 질문에 담긴 저의가 무엇이냐며 물어뜯을
자신은 없어서, 성차별적으로 보일 수 있는 그
상황을 뜯어고쳐보려고 했다. 그런데 언젠가부터
그래 보이든 말든 상관없다는 생각이 들었다.
생각하기 귀찮아서 이 문제를 한구석으로 밀어버린
걸까? 아니면 때로 어떤 것들은 정치적 올바름의
문제를 덮어버리기도 하는 걸까? 어쩌면 나는 영이

클럽 화장실에 뻗어 있는 나를 찾으러 왔을 때
그에게 조금 반했는지도 모른다. 그래서 그 뒤로는
누가 뭐라든 그에게 밥을 해주고 싶었는지도 모른다.

　이곳에 온 지 4개월, 영은 더는 은과 나와 같이
밥을 먹지 않는다. 그는 같은 기숙사에 사는 다른
애와 연애를 시작했고 이제는 그 애와 밥을 먹는다.
나는 학교가 바빠져 날마다 늦게 집에 돌아오고,
은은 밥을 해놓고 그런 나를 기다린다. 미안함과
부담감이 섞인 마음으로 밥을 한술 뜬다. 미안하고
민망한 마음에 "이렇게까지 안 해도 돼. 너 지금
나 미안하라고 생색내는 거지" 했다가 한 소리
듣는다. 내가 뭐라 하거나 말거나 은은 무밥을
만들어서 냉동실에 얼려놓고 데워 먹으라고 문자를
남겨놓는다. 영은 더는 우리와 같이 밥을 먹지
않지만, 종종 은이 급하게 나가느라 부엌 한구석에
내팽개쳐둔 라면 냄비를 씻어둔다. 나는 공정함과
올바름이 세상에 꼭 필요하다고 믿으면서도,
한편으로는 그것을 넘어서는 어떤 것도 있는 것
같다고 믿게 된다.

담백한 용기의 여치

하와이 친구들이 웰컴 파티를 열어주었다. 뱅네 집 수영장 옆에 있는 조그만 바비큐 파티장에서 소박하고 다정한 저녁식사를 함께했다. 막 노을이 내려앉는 시간이었다. 밥을 다 먹어갈 때쯤 나는 여치의 글을 낭독했다. 바람이 부드럽게 불어오고 있었다. 꽤 긴 글이었음에도 네 명의 친구들은 집중해서 끝까지 들었다.

"와, 재미있다. 어쩜 저렇게 자신을 정확하게 들여다볼 수 있지? 저 나이에?"

"그러게. 글 참 잘 쓴다. 균형감각이 있어."

"외국에 살다 보면 알게 되잖아. 한 사람이 겪게 되는 갈등이라는 게 굉장히 다중적이고 교차적이라는 거. 그걸 정확하게 짚어서 쓰네."

"어떤 친구인지 궁금하다. '여치'라는 닉네임도 유니크해, 한번 들으면 안 잊혀져."

"글만 듣고 굉장히 정확하게 짚어내네요. 훌륭한 독자들이다."

웃으며 내가 말했다.

"여치처럼 글을 쓰려면 어떻게 해야 해? 명확하게 자신이 하고 싶은 이야기를 하는데 공감도 되잖아."

호텔 홍보팀에서 일하는 친구가 말했다.

"그건 다음에 여치를 초대해서 들어봐야 하는 거 아니에요?"

뱅이 와인 잔을 채우며 말했다.

"그러게. 작가와의 대화 하고 싶네요. 쉽지 않은 주제를 가지고 균형을 유지하며 잘 풀어가는 거 같아. 그건 아마도 마음의 무게중심이 잘 잡혀 있어서겠지."

"그것도 그렇지만 문장이 간결하고 담백한 것도 우리를 몰입하게 했던 요인이지 않아? 어때 글쓰기 선생?"

"맞아요. 낭독을 해보면 특히 잘 알 수 있지. 힘을 빼는 건 내공이 있는 사람들이 하는 거잖아. 음, 하나 덧붙인다면 글과 일상의 변증법. 오래 여치 글을 봤는데 삶에서 겪는 모순을 글로 풀어내고 그 성찰을 토대로 다시 삶을 들여다보고. 용기 있는 지성이 될 가능성이 글 속에 있죠."

댕댕, 뱅이 와인 잔을 두드렸다.

"자. 그럼 제가 한번 정리해보겠습니다. 여치 글을 통해 본 좋은 글의 요건. 첫째, 자신을 객관화할 수 있어야 한다. 둘째, 솔직해야 한다. 셋째, 마음이 기울거나 치우침이 없어야 한다. 넷째, 단순하고 담백한 문장을 쓴다."

굿, 오케이, 브라보, 모두 웃으며 짝짝짝 박수를 쳤다.

"어딘과는 어떻게 만난 거지?"

"고정희청소년문학상이라는 백일장에 참가했는데 그다음 주엔가 내가 하고 있던 글방에 찾아왔어. 여치 나이 열여섯 살이었을 거야."

"용감하다. 그때 이미 스스로 생의 지도를 그려나갈 줄 알았던 거야."

"지금은 뭐 해요, 여치?"

"IT 관련 회사에서 인턴으로 일하고 있다고 들었어요."

"글 계속 쓰라고 꼭 전해주세요."

"다음에 와서도 여치 글 읽어주세요."

여치의 어딘글방

3년 전 네덜란드에서 교환학생으로 지내고 있을 때, 글방 멤버인 테일러에게 그가 편집장으로 있는 웹진에 글을 한 편 기고해달라는 부탁을 받았다. 당시 나는 일말의 고민 없이 이 이야기를 써야겠다고 생각했다. '이 이야기'라 함은 대략 아래와 같은 내용을 말한다.

1. 외국에서 한국인 밥상 공동체를 꾸리는 와중에 여성 하우스메이트인 은과 내가 아시아 여성으로서 차별적인 시선을 감내해야 했던 일.

2. 살림을 꾸려가는 데 필요한 '인지노동'에서 남성 하우스메이트인 영에겐 너무나 쉽게 '무심함'이 용인되던 일.

하루 일과를 마치고 글을 쓰기 위해 노트북 앞에 앉았을 때, 나는 자신 있었다. 잘 쓸 자신이 있었다. 해외 적응 초기 나를 가장 괴롭게 했고, 내 머릿속에서 가장 큰 지분을 차지하고 있던 문제가 바로 이것이었으니까. 나는 결연한 마음으로 키보드를 두드렸다.

글을 다 썼을 때는 날이 밝아오고 있었다. 하지만 마침표를 찍었을 때, 마음의 개운함이라고는 조금도 없었다. 이런 글을 쓰려고 한 게 아니었던 것 같은데…. 나는 조금 당황스러운 심정으로 처음부터 글을 다시 읽어보았다. 다 쓴 글에는 애초에 쓰려고 했던 내용 1, 2에 대략 아래와 같은 함의가 덧붙어 있었다.

3. 나 영 좋아하네.
4. 영 좋아해서 매일 밥해주고 싶었네.

좀 더 깊게 고민해봐야 할 문제를 연애 감정에 눈이 멀어 성급하게 결론지어버린 것은 아닐까 고민이 되었다. 글에서 사람들의 편견 어린 질문에 더는 연연하지 않는다고 썼지만, 실은 연연하지 않으려 노력할 뿐 온전히 자유로운 것은 아니었다. 그래서 원고를 보내고 나서도 스스로 몇 번이고 물었다. '나는 정말 공정함과 올바름을 넘어서는 어떤 것이 세상에 존재한다고 믿나? 근데 그게 대체 뭐지? 사랑이라 하면… 너무 나이브하지 않나? 게다가 최소한의 올바름이 충족되지 않아 고통받는 사람이 수두룩 빽빽한 세상에서, 내

맘대로 그렇게 믿어버려도 되나?'

열여섯 살 처음 글방에 발을 들였을 때는 몰랐다. 글쓰기가 단순한 취미 활동이 되기에는 여러모로 귀찮고 때로는 위험하기까지 한 활동이라는 사실을. 처음 글방에 글을 가져간 날, 어딘이 "이런 글은 블로그나 일기장에 쓰세요"라고 했을 때 상처받고 도망갔어야 한다고 종종 생각했다. 하지만 그러지 못했고 그 후 10년이 넘는 시간 동안 어딘글방의 안팎을 어슬렁거리고 있다.

왜 글쓰기는 귀찮고 때로는 위험하기까지 할까? 키보드만 두드리면 쓸 수 있는 게 글인데.

나는 글방에서 종종 '인용의 천재'라는 피드백을 듣곤 했다. 내가 쓴 글과 주제의식을 공유하거나 혹은 비슷한 주제에 대해 훨씬 발전된 생각을 하는 작가들의 글을 적극적으로 인용했다. 그러면 손 안 대고 코를 풀며 매끈한 결론에 다다를 수 있었다. 그런 글을 완성하고 나면 마치 그들의 생각이 내 것이 된 것만 같았다.

하지만 글방의 독자들과 어딘은 인용의 천재는 그럼 이만, 하고 사라지려는 나의 뒷목을 잡아챘다. '인용의 천재'라는 피드백 뒤에는 '자신을 속이는 글쓰기'라는 혹평이 자주 따라붙었다. 나는 매끈한 글을 완성하기 위해서, 정제된 결론에 이르기 위해서, 나를 어지럽게 하는 현실과 아직도 헷갈리는 내 생각을 건너뛰고 삭제했다. 그리고 내 글 속에 표현된 '훌륭한' 생각이 진짜 내 생각이라고 믿었다. 그리고 그 글을 거울을 들여다보듯 읽고 또 읽었다. 그러다 보면 자존감 비슷한 것이 고양되는 효과도 있었다. 거울의 군데군데가 깨지고 이가 빠져 있는 것은 모르는 체했다. 글쓰기는 자칫 왜곡된 자아상을 만들어낼 수 있다는 점에서 분명 위험한 구석이 있었다.

하지만 글쓰기의 또 다른 단점이 이러한 단점을 일정 부분 상쇄시켜주었는데, 그건 바로 글쓰기가 몹시 귀찮은 활동이라는 점이었다. 글에 대한 피드백은 글방 밖에서도 계속되었다. 피드백을 주는 이는 나 자신이었다. 내 글 속의 매끈한 나는 일상을 살아가며 자주 모순에 부딪혔다. 남성 하우스메이트와 집안일을 공정하게 나누는 것에 더는 연연하지 않게 되었다는 문장을 쓴 다음 날, 그가 또 마른 그릇 위에 물이 뚝뚝 떨어지는 설거지 그릇을 올려둔 것을 보고 속에서 부아가 치밀었다. 글쓰기는 글에 대한 피드백이 삶의 전방위에서 온다는 점에서 귀찮았다. 흠결 없는 자아상은 속절없이 무너졌다.

그러면 어쩔 수 없이 수정이 필요했다. 수정을 하는 방법에는 크게 두 가지가 있다. 우선 첫 번째는 글을 수정하는 것이다. 이미 썼던 글을 수정하는 방법도 있고, 다음번 글에서 같은 실수를 반복하지 않기 위해 조심하는 방법도 있다. 지나친 비약과 간편한 인용을 줄이고 방금 내가 쓴 문장이 정말 나의 생각인지 한 번쯤 의심해보는 방법 모두 유효하겠지만, 가장 좋은 방법은 나의 글을 남에게 보여주는 것이다. 독자는 내가 입에 발린 소리를 하고 있는지 그렇지 않은지 귀신같이 아는 사람들이니까. 어딘과 글방의 독자들은 특히 그랬다.

두 번째 방법은 내 생각과 마음에 약간의 수정을 가해보는 것이다. 물론 이는 거의 불가능에 가깝게 어려운 영역이라고 생각한다. 하지만 내가 여전히 일말의 희망을 버리지 못하고 시도하고 있는 영역이기도 하다.

어떤 글은 나를 속이지만, 어떤 글은 그저 나를 앞서간 거라고 믿는다. 나는 과거의 내가 써둔 문장들에 영향을 받는다. 나의 행동이 내가 썼던 문장에 한 뼘 정도 가까이 다가갔다는 사실을 깨달을 때도 있고, 가닿기는커녕 한참을 퇴보했다는 사실을 깨달을 때도 있다. 그럼에도 나는 그 글들이 있어 내가 아주 파렴치한 인간이 되지는 못할 것이라고 혹은 그런 인간이 되지 않기 위해 최소한 노력은 할 것이라 믿는다. 마음이 오만과 허영으로 가득 차고 내가 다른 사람과 나를 구별 지으려 하는 날, 나의 글들이 내게 말하기 때문이다. 야, 너 뭐 하니… 정신 똑바로 안 차리고 사니….

한때 이 글 「Why do you cook for Young?」이 나를 속이는 글이라고 생각한 적이 있다. 나는 고작 물기 묻은 그릇 하나에 뒤집어지는 사람인데 공정함과 올바름을 넘어서는 사랑에 관해 이야기하려 하다니, 이만한 자기기만이 없다고 생각했다.

그러나 이 글은 아직도 내게 영향을 미친다. 수증기와 기름방울과 연기가 자욱한 부엌을 떠올리게 하고 그때의 화와 설렘과 미움을 떠올리게 한다. 공정함과 올바름과 그것을 넘어서는 사랑에 관해 이야기하는 것은 여전히 섣부르고 조심스럽게 느껴진다. 사랑을 통해 반드시 그것을 뛰어넘어야 하는지도 잘 모르겠다. 하지만 적어도 내가 주변 사람들과 함께 빚어가고 싶은 공정함과 올바름과 사랑의 모양에 대해서는 여러 번 생각해보게 만든다.

내가 쓴 글에 이렇게 영향을 받는다는 사실은 조금 징그럽다. 그러나 나는 이만큼 나에게 영향을 줄 수 있는 다른 것을 아직 알지 못한다. 나의 글에서 들려오는 목소리는 백색소음처럼 내 주변을 채운다. 그러나 조금만 귀를 기울여보면, 그것이 그저 나만의 목소리는 아님을 알게 된다. 그것은 지난 10년간 글방을 오가면서 만나 친구가 된 이들의 목소리이기도 하고, 당연하게도 어딘의 목소리이기도 하다. 나는 좀 더 신경을 곤두세워 그 목소리에 귀 기울여본다. 그러면 마치 죽비로 등을 후려치는 듯한 말들이 귀에 들려온다. 뭐라고요? 정신 똑바로 차리고 살라고요? 아, 예….

내 인생을 망치러 온 나의 죽비. 나는 이 글쓰기 공동체에 발을 들인 것을 후회하지 않는다. 앞 문장에서 주저함이 느껴졌다면 그건 당신의 기분 탓일 것이다.

글방천국 군대지옥

테일러

　군대에 늦게 간 이유는 그녀들을 만나기
위해서였다. 그녀들의 찰지고 옴팡진 대화를
경험하지 못했다면 군대에서 죽었을지 모른다. 다른
세상에 대한 상상력이 지금 이곳의 지옥을 견디게
하니까. 그녀들의 빛나는 세계는 힘들고 외로웠던
병영 안에서 또 다른 삶이 가능하다는 희망을 잃지
않도록 해주었다.

　전투함을 타다가 육지로 발령이 났다. 배를
더는 타고 싶지 않았다. 부대 내에서 신문을 보는
식자층에 속했던 나는 전선이 심상찮은 걸 눈치챘다.
북한의 젊은 군인이 남한으로 귀순하고 북미관계가
나빠지며 핵전쟁이 터진다는 얘기가 흘러나올
때였다. 결과적으로 기우였다. 역시 신문 따위

믿으면 안 됐는데. 책 많이 읽고 신문 챙겨 본다고
혼자 콧대 높아지는 망상은 집어치웠어야 했는데.

함정이 어뢰에 맞아 두 동강 나는 꿈을 꾼 날,
정장님에게 육지 부서로 보내달라고 요청했다. 마침
본부에서 오래 근무하다 내려온 신임 정장이어서
인맥이 거기까지 닿을 수 있었다. 주식이 곤두박질칠
걸 직감하고 미리 주식을 파는 사내처럼 이기심으로
똘똘 뭉친 채 인천바다 최전선을 빠져나왔다. 후방의
행정직으로 발령이 났다.

결국 전쟁은 터지지 않았고 고생길만 자진한 셈이
되었다. 병사 정원이 열 명이었던 소형 함정에서
80명의 선임이 득시글거리는 곳으로 왔으니 말
다 했다. 직접 수발해야 하는 내무실 선임만 스무
명이었다. 갑자기 스무 명의 아들이 생긴 것 같았다.
빨래하기, 청소하기, 간식 챙기기, 모닝콜까지.
일들은 정해진 시간과 순서가 있어서 조금이라도
어겼을 시 공개적으로 비난과 욕을 듣고 주말 화장실
청소를 혼자 하는 벌을 받았다. 첫 한 달은 막내가 할
일이 순서대로 적힌 A4 용지 다섯 장을 달달 외우고
낭송 시험도 봤다. 세 차례 떨어진 후 겨우 통과하고
장기자랑을 했다. 일련의 신고식 과정을 마쳐야 겨우
사람대접을 해줬다. 그 전엔 노예와 다름없었다.

누군가는 꼬숩다 할 법했다. 최전선에서 저 혼자
살겠다고 내뺐으니 고생 실컷 해도 싸다고. 심지어

내가 맡은 행정 보직은 본부 내에서 최악이라고 소문난 자리였다. 상사가 사이코였다. 히스테리 대마왕으로, 병사들을 스트레스 해소용 샌드백으로 취급했다. 심지어 바퀴벌레를 먹인다는 소문까지 돌았다. 나의 전임자가 감찰관에게 각종 부조리를 신고하고 중간에 그만둬서 백 없는 내가 급히 꽂혔다고 했다. 내정됐던 명문대 출신이 오고 싶지 않다고 애원하는 중에 내가 냉큼 전화해서 가고 싶다고 자원한 꼴이었다. 설상가상으로 같은 행정실 건너편 자리에 있는 백강우의 감시까지 감내해야 했으니 당시 나의 심신은 만신창이였다.

백강우는 교대를 졸업하고 임용고시를 통과해 초등학교 교사를 반년 하다가 입대한 스물일곱 살 청년이었다. 나 또한 대안학교의 교사로 일하다가 늦은 나이에 입대했기 때문에 동질감을 느꼈다. 첫 만남에서 눈치 없게 같은 교육계에 종사했다고 언급했다가 뺨따귀 맞을 뻔했다.

"대안학교? 어쨌든 직장 생활 했다는 거지? 그래서 좀 싹싹할 줄 알았는데."

"아, 죄송합니다. 백 상병님."

"어차피 비정규직이잖아? 대학 좀 변변찮은 데라도 가지 그랬어."

"집안 사정이 안 됐습니다."

"말은 참 쉽게 하는데 너 속은 잘 모르겠더라."

"저 말입니까? 저 속에 아무것도 없습니다."

"그 자리에서 너처럼 아무 불평 없이 하는 애는 처음 봤거든."

"방통대 중퇴해서 그렇습니다. 제가 백 상병님처럼 똑똑하지 않으니까 몸이라도 열심히 움직여보겠습니다. 열심히 하겠습니다."

"내 성격 알지? 점잖아 보여도 지는 싸움 안 하는 거."

"저 안중에도 없는데 왜 이렇게 경계하십니까."

"말장난하려는 거 아니야. 처신 똑바로 해. 지켜보고 있으니까."

그는 내가 잘 지내는 꼬라지를 못 봤다. 웃으며 잘 지내는 모습, 귀염받는 모습, 일의 성과로 인정받는 모습을 받아들이지 못했다. 공부도 지지리 못해서 대학도 못 가고 이상한 대안학교에서 일하던 놈이 본부 행정실에 들어와서 윗대가리 사랑을 독차지해? 명문대만 오는 곳에 감히 들어와서? 천박함의 쌍심지가 백 상병의 두 눈에서 타들어갔다. 내 전임자가 한양공대 출신이라는 걸 그때 알았다. 대대로 명문대생이 독점하는 보직에 고졸이 와서 군말 없이 잘하니까 눈이 뒤집힐 만했다.

몇 달 동안 속내를 모르겠다는 소리를 듣다 보니 다리가 휘청거릴 정도로 슬퍼지곤 했다. 그가 뒤에서

내 욕을 한다는 걸 모르기 어려웠다. 주로 외출
나가서 한 일을 숨긴다거나 여자 품평을 잘 못한다는
점이 음흉함의 증거로 들먹여졌다. 저렇게 얌전한
척하는 애들이 알고 보면 변태새끼래, 수군거림을
엿들은 나는 화난 수컷 고릴라처럼 가슴을 두 손으로
두들겼다. 그래, 나 외출 나가서 남자랑 섹스하고
퀴어 퍼레이드에 갔다! 소리치고 나면 속이 뻥 뚫릴
듯했다.

　그는 내가 커밍아웃을 결행하지 못하도록
빡빡하게 굴었다. TV에 게이 연예인이 나오면
"방송에서 떠들지 말고 혼자 몰래 하면 아무 문제
없잖아"라고 말했다. 그가 사상 검증하듯 속내를
캐물을 때마다 입을 다물고 직접적인 이야기를 피한
이유다. 누군들 음흉해지고 싶을까. 국방부 장관이
LGBT 상담부를 꾸리고 공식적으로 성소수자 하사를
인정하는 선언을 해준다면 한두 사람의 미움 따윈
무시할 수 있겠지만 여전히 군대에선 백 상병의 말이
정상적으로 기능했다.

　슬퍼지면 왕왕 그녀들에게 전화를 걸었다.
　글을 쓰면서 만났던 여자들.
　내가 성소수자라는 얘길 숨기지 않아도 괜찮은
여자들. 그녀들에게서 '리버럴Liberal'이라는
단어를 배웠다. '개인의 자유를 존중하는'이라고

적힌 영한사전의 설명은 좀 애매했다. 대체 뭐가
자유로운 건데? 의문이 생겼다. '성소수자의 성교
방식에 이견이 없는', 이라는 예시를 더하니 뜻이
정교해졌다. 그녀들은 딱 그렇게 리버럴했다.

글방에선 매주 각자 써 온 글을 가지고 합평회를
열었는데, 처음 글을 써 갔을 때 그녀들도
백강우처럼 내가 속내를 안 보여준다는 평을 자주
했다.

"소재는 재밌는데 에피소드 연결이 매끈하지
않네요."

"진짜 중요한 건 빼먹고 쓰는 느낌?"

"화자가 왜 이렇게 생각하고 행동하는지 이해가
안 가. 작가가 자기만 알고 있는 맥락을 설명하지
않을 거면 독자로서 이 글을 왜 읽어야 하는지
모르겠어요. 체호프가 쓴 글이 아니고서야."

혹평을 듣고 집으로 돌아가면서 결심했다.
커밍아웃을 해야겠다. 그녀들에게 내 이야기를
구체적으로 이해시키고 싶었고 그러려면 어떤
말들을 가둔 빗장부터 풀어야 했다. 내 글이
설득력과 충분한 개연성을 갖추려면 나를 있는
그대로 인정해야 했다. 나로부터 시작하지 않으면
글은 쓸 수도 없고 읽힐 수도 없었다.

결심한 후 한참을 더 보내고서야 동료 남학생을
짝사랑하는 이야기를 글방에 써 갈 수 있었다.

남자와 지지고 볶는 그녀들의 글을 참조했기 때문에
완성할 수 있었다.

"사랑에 대해선 지나치게 진지하고 울먹이면 안
돼, 오그라들거든. 발랄하고 상큼하지만 한편으로
진지하고 묵직한 한 방을 날릴 줄 알아야지."

그녀들의 글이 코치해주는 대로 커밍아웃
에세이를 한 자 한 자 써 내려간 기억이 또렷하다.

몇 명은 조금 놀랐다. 몇 명은 울었다. 다수는
깔깔 웃었다. 처음으로 나와 그녀들 사이의
오해가 걷히는 기분이었다. 1년 넘게 서로의
글을 읽어주는 사이였지만 내 글이 처음 제대로
읽힌다는 기분이었다. 솔직함의 힘을 그때 느꼈다.
어떤 문제든 먼저 터놓고 직면해야 이해와 해결의
실마리가 생긴다는 사실을 늦게 깨달았다. 이후엔
가끔 이성애를 비꼬고 뒤틀고 구박하는 글을 써
갔는데 그녀들은 재밌다고 말해줬다.

그 넉넉하고 널널한 마음에 기대고 싶어서 종종
수화기를 들었다.

L은 다짜고짜 "요즘 괜찮은 남자 없어?"라고
물었다. 그럼 나는 "어머, 여기야 수두룩하지"라고
기다렸다는 듯 대답했다. 상상에 그쳤던 군대
안의 로맨스가 그녀와의 통화에서 구현됐다.
현명하기로 소문난 I에게는 군생활의 답답함과
어려움을 털어놓게 됐다. 해결이 되지 않아도 마음이

편안해졌다. E와는 문학 애기를 자주 나눴다. 21세기 초의 한국 문학, 김금희와 구병모와 장강명에 대해 떠들었다. 물론 그녀들은 남자친구를 만나러 가기 위해 금방 통화를 끊었다.

그녀들과 연달아 통화를 끝내면 춤을 추고 싶어서 옥상에 갔다. 트리플 악셀! 스파이럴 시퀀스! 본부 건물 옥상 바닥을 빙판 삼아 우아한 피겨스케이팅 점프와 스핀 동작을 따라 하고 나면 백 상병에게 받은 스트레스가 날아갔다. 신기하게 80명의 아들들의 수발도 상사의 히스테리도 한결 버틸 만해졌다.

글방에는 시절 시절 많은 여자들이 다녀갔다. 언젠가 그녀들을 인터뷰해서 한 권의 책을 내겠다고 E에게 공언한 적이 있다. 책 제목은 '나의 쌍년들'. 소심한 게이를 구원한 여자들에 대한 이야기를 애증을 눌러 담아 엮고 싶었다. 책의 띠지에는 '여자로 태어나다니!'라고 쓸 계획이었다. 게이인 내가 그녀들을 보며 내지르는 질투 섞인 탄성이다. 남자의 몸으로 사는 나는 그녀들의 몸이 몹시 부러웠다.

글방을 이끄는 어딘은 글방 식구들을 표현할 때 종종 '세상에 꽃이 핀다면 그녀들의 웃음소리 때문이다' 같은 문장을 구사하곤 했다. 어쩐지

거기에 게이인 나는 포함되지 않는 것 같아 몰래
빠진 적도 있다. 글방에선 나를 제외한 거의 전부가
여자였으므로 이해는 됐지만 나를 어떻게든 함께
불러주길 바라면서 그랬다. '세상에 꽃이 핀다면
그녀들과 한 명의 게이의 웃음소리 때문이다'라고.
내가 드래그 퀸으로 나타나면 그녀들이 나를
'그녀'로 지칭해줄지도 몰랐다. 세상의 언어들로는
나 자신을 정확히 규명하기 어려운 시절이었다.
언젠가 '그'와 '그녀' 사이 어딘가에 똑바로 서서
그녀들을 호명하고 싶었다.

　입대하면서 그녀들의 포옹을 오래 기억했다.
천박한 언어와 겁박에 무릎 꿇지 말자. 억울한
일을 당하면 눈을 치켜뜨고 덤비자. 나는 그녀들의
친구다! 딱딱하고 고루하고 상상 없는 곳이
군대이므로 거기서 살려면 그녀들이 펼쳐놓는
리버럴한 세계를 떠올릴 만한 구체적인 경험이
필요했다. 그 경험을 충분히 모으느라 늦게
입대했다고, 대학도 안 다니고 뭐 했느냐고 묻는
백 상병에게 대답해줄 기회는 없었다. 양심적
병역거부 관련 팸플릿을 주면서 감옥 가라 종용하던
평화의 사도들을 만나느라 이십대의 절반을 허비한
셈이어도 나는 좋았다.

그럴 때 테일러가 말한다

그는 여자들과는 우정을, 남자들과는 사랑을 나눈다. 여자 친구들은 옹졸하고 쩨쩨하고 꽁하다고 혼을 내고 짜증을 내고 구박을 하지만 즉시 넉넉한 애정과 따뜻한 마음으로 그를 품어 안는다. 그가 그럴 만하다는 걸 알기 때문이다. 그는 오랫동안 스스로를 의심해야 했다. 하고 싶은 말이 목구멍까지 올라와도 아직은, 입을 다물었다. 소심해진 이유였다. 혹시 이 말을 했다가 관계가 깨지는 건 아닐까 전전긍긍했다. 대범하지 못한 이유였다. 속마음을 털어놓는 자리에서도 망설였다. 쩨쩨해진 이유였다. 무지막지한 말을 일삼는 사람들 사이에서도 입을 다물고 앉아 있어야 했다. 꽁해진 이유였다. 게이로 사는 일은 대체로 스스로를 억누르거나 모욕을 참거나 불신을 내면화하는 과정이었다. 그러므로 그는 몰래 혼자 삐지거나 속으로 토라지거나 화를 내야 할 때 망설여야 했다. 사소한 것에 얽매이지 않고 너그럽고 여유가 있는 대범한 이성애자 남자들(과연 그럴까?)에 비해 그가 보잘것없는 것에 연연하고 쪼잔하고 잔망스러워진 이유다. 그래서 나는 그의 좀스러움을 조금 열렬히 좋아한다.

매혹적인 남자가 우리 앞에 나타난 적이 있었다. 잘생기고 지적이고 호방하고 다정했다. 그와 함께 재밌는 일을 도

모해볼 만하다고 생각했다.

"어떻게 생각해?"

테일러에게 물어보았다.

"저 쌤 정도면 폴리아모리 정도는 하실 줄 알았는데….."

나는 깔깔깔 배를 잡고 웃었다. "20세기 끝자락에 태어난 나와 친구들은 '폴리아모리'를 모던으로 알고 컸다. 일부일처제, 가부장제, 독점적 사랑에 반대하는 일이니까 쉬웠다. 기술의 급격한 발전으로 새로운 시대가 왔으니 쿨한 사랑을 꿈꿨다"라던 그의 글이 떠올랐다. 진보의 최전선에 서 있는 거 같아 보이는 이도 테일러의 눈엔 한 끗이 모자랐던 게다. 아마도 테일러의 손끝에서는 새로운 윤리와 도덕이 태어날 거다. 그러니 글을 쓰라고 나는 종종 그에게 말을 한다.

처음 글방에 들고 온 테일러의 글은 조금 모호하고 알쏭달쏭했다. 하고 싶은 말이 있는데 머뭇머뭇 엉거주춤하는 모양새라 나는 원론적인 피드백을 했다.

"글쓰기란 '무엇을 쓸 것인가'와 '어떻게 쓸 것인가'가 절묘하게 맞물리는 과정이에요. 근데 테일러의 글은 '무엇을 쓸 것인가'에서 주춤거리는 통에 '어떻게 쓸 것인가'까지는 얘기도 못 하겠어요."

테일러는 애매한 표정으로 1년도 넘게 앉아 있었다. 합평회 과정에서도 늘 맨 마지막 순서가 되어야 이야기를 꺼내고 시키지 않으면 그마저도 안 하길래 소심해서 그런가 보다 했다.

"아니에요, 엄청난 수다쟁이예요. 말도 많고요 속도 밴댕이 소갈딱지고요 뻔뻔하기까지 해요."

글방의 멤버들이 하나둘 테일러에 대한 '진실'을 털어놓았다. 말은 그렇게 하면서도 어쩐지 그녀들은 테일러를 심히 좋아해 모든 모임에 끼워주는 거 같았다.

좀 더 자유롭게 쓰고 싶어서 테일러는 커밍아웃을 했고 글방의 친구들은 맹렬히 그를 지지했다. 공부와 훈련을 통해 습득할 수 없는 생래적인 감수성이 테일러에게 있다면 앙시 앵레짐을 타파하는 것, 정도가 되겠다. 기존의 질서 해묵은 가치 일반적 규범 낡은 습속은 허름한 형태로만 존재하지는 않는다. 때론 몹시도 우아하게 때론 품위 있게 때론 지성적인 언어로 우리를 현혹시킨다. 그럴 때 테일러가 말한다.

"구려."

구석에서 들릴락 말락 작은 소리로.

"테일러 요즘 글 못 쓰잖아"라고 어딘이 말했다고 친구가 전해주었다. 가슴이 콩닥콩닥 뛰었다. 에세이에 대한 피드백은 어쩐지 요새 잘 살고 있는지 스스로를 돌아보도록 만든다. 글이 재미없다면 요즘 내가 이상하게 살고 있는 것이다. 10년 전처럼 어딘의 평을 온종일 곱씹다가 울적한 마음으로 노트북 앞에 다시 앉는다. 요즘 내가 쓴 글은 이거밖에 없는데. 그래서 이 글을 다시 쓴다.

이길보라 감독의 〈로드스쿨러〉라는 다큐멘터리를 본 건 독서실 사이버강의실에서였다. 나는 남자고등학교를 자퇴하고 수능 공부에 목숨 거는 수험생이었다. 대한민국에서 (게이로) 당당하게 살아가려면 명문대라는 방패가 필요하다 믿었기 때문에 하루에 열네 시간씩 동굴 같은 독서실에 갇혀 지냈다. 그중 다섯 시간은 책상에 누워 잠을 잤다. 비인간적인 생활에 지쳤을 무렵, 탈학교 청소년들은 어떻게 지내나 싶어 인터넷 서핑을 하던 중에 〈로드스쿨러〉를 우연히 보게 됐다. 다큐는 매혹적이었다. 보라와 친구들이 탈학교 청소년으로서 겪는 불합리한 일들에 맞서고, '신라여행스쿨'을 꾸려 고대의 역사를 자기 방식으로 재해석하고, 글쓰기 모임에서 서로의 글을 논평하는 모습이 담겨 있었다. 다큐에 나온 친구들의 얼굴에 후광이 비쳤다. 나는 그 빛을 쫓아가야 한다고 본능적으로 느꼈다. 다음 날 하자센터 글방에 신청을 했다.

대여섯 명의 친구들이 교실에 앉아 있었다. 멋지고 영민하고 주체적이고 무엇보다 여자인 친구들의 글을 보며 자주 좌절했다. 내가 처음 들고 간 글을 보고 어딘은 "글을 처음 쓰는 사람은 똥덩어리를 써요. 다 걷어내고 심연을 들여다봐야지요. 그런 다음 다시 써야 해요"라고 말했던 듯싶다. 어떤

날은 리사가 '좋은 년들, 나쁜 년들, 이상한 년들'이란 제목의
글을 들고 와서 칭찬을 받고 돌아갔는데, 나는 독서실 휴게
실에서 친한 동창에게 그 글을 낭독해주었다. "왜 얘는 욕을
써도 좋은 평을 받는 거야?" 지난주에 내가 쓴 욕은 맥락 없
이 불쑥 튀어나와 폭력적으로 느껴진다는 말을 들었던 참이
었다.

어딘글방은 말 그대로 어딘의 판이었다. '오늘은 어딘이
무슨 말을 할까.' 나는 어딘이 하는 말을 좋아했다. 이 세상
의 어떤 어른도 해주지 않는 말들이었다. 어딘의 말을 듣고
나면 그간 고민했던 문제들이 하나도 중요해 보이지 않았다.
내가 가진 소수자의 문제는 금방 역사와 사회의 맥락 속에
위치가 생기고 그러면 내가 앞으로 해야 할 일들을 정할 수
있었다. 어딘이 자발적 학력이라는 말을 고안해 오면 대학을
안 가도 될 거 같고, 창직이라는 말을 하면 왠지 취직하느라
인생을 낭비하지 않아도 괜찮았다. 그렇게 잘 살고 있다.

"작가는 어느 시대건 가난했고 세상과 불화했다." 언젠
가 어딘의 이 말은 글방러 사이에서 파장을 일으켰다. 왜 꼭
글 쓰는 일을 하면 가난해지나요? 그건 옛날 말이에요. 앞으
로는 굶어 죽지 않는 예술가, 잘 먹고 잘 사는 작가도 나와야
죠. 그 자리의 누군가가 당위를 갖고 말한 것 같다. 나는 두
개의 의견 모두 타당하다고 생각했지만 어딘의 예술관에 좀
더 매료됐다. 앞으로 세상이 싫어하는 짓만 골라 할 테고 인

생에서 일말의 타협도 하고 싶지 않다는 오기로 똘똘 뭉쳐 있었다. 세상에서 가장 불온한 사람이 되고 싶을 때였다.

여초집단이란 점은 내가 글방에 가지는 유일한 불만이었다. 지금은 유명한 인디뮤지션이 된 소년은 딱 한 번 글방을 참관하고 "여자들 기운이 너무 세!"라고 말했다. 어딘은 쿨하게 인정했다. "어쩔 거야. 내가 소년들의 롤모델이 될 순 없어." 내 연애가 멀리 도망가고 있었지만 어딘의 말은 한껏 통쾌했다. 내가 될 수 없는 것은 되려고 하지도 마. 중립, 중용, 평정 같은 말은 종종 쓸 데가 없다는 걸 글방에서 배웠다. 편협, 위악, 도발이 글쓰기의 한 동력임을 익혔다. 돌아보면 위의 세 단어는 90년대의 트렌드였다. 2010년대 출판 유행이 다정함, 위로, 자기관리로 흐른 것처럼 말이다. 하필 민주화 투쟁을 마무리한 직후의 감수성을 몸속 깊이 수용해버리다니, 나는 글을 쓰기보다 투쟁이 하고 싶었나 보다. 민주화 이후에도 싸움이 아직 안 끝났다는 걸, 이상사회가 이룩되지 않았다는 걸 언어로 증명하고 싶었나 보다.

글방러의 글들은 섹시했기 때문에 글방을 굴려 동지를 만들고 당 같은 걸 조직하고 사무부총장을 맡고 싶었지만, 당대표 격이 될 만한 훌륭한 글방러들은 모두 작가로 데뷔하며 글방을 나오지 않았다. 예전 책들을 보면 글쓰기 모임 같은 데서 정치적 결사체가 태어나던데…. 나는 인지부조화에 걸려 있었다. 왜 기라성 같은 애들을 자꾸 하산하게 하느냐고 어딘에게 따지고 싶었지만, '어딘글방당'은 나만의 궁리였고 청사진이었을 뿐이다. 가끔 나는 아직도 글방러들이 모여 세상을 뒤엎는 꿈을 꾼다. 섹시한 것만 보면 나는 아직도 지하조직 하나 꾸려보고 싶어진다.

글방 친구들끼리 새로운 글방을 열어보았지만 어영부영 친목 모임으로 전환되었다. 다른 창작 수업을 나가보아도 영 그때의 열기가 불붙지 않는다. 그리고 일간 연재를 지속한 친구들이 덜컥덜컥 책을 낸다. "글쓰기는 꾸준히 쓰는 사람이 늘어. 3년은 매주 써내야 그제야 출발점에 서는 거지." 드문드문 얇고 길게 글방에 참석했던 나는 어딘의 말을 통감하는 중이다. 글쓰기는 압력으로 하는 일이고 글방에서 어딘의 주역할은 창작의 압력을 일정하게 유지하는 거였다. 청소년에게 누가 연재를 청탁할 것인가. 어딘은 우리에게 매주 한 편씩 글을 청탁한 셈이고, 일당백, 자기 돈 내고 책을 산 백 명의 독자처럼 가차 없었고, 그 덕분에 글방은 글방러들의 처절한 훈련장이 될 수 있었다.

어딘의 글에서 나는 종종 '밴댕이 소갈딱지'로 소개됐다. 그토록 훌륭한 글방러들 사이에 밴댕이 소갈딱지라서 더 초라했지만 적확해서 인정할 수밖에 없었다. 어딘의 피드백은 종종 무섭게 정확했다. 그러다가 어느 순간 세계의 문제들을 고민하고 어떻게 뒤집을 수 있을지 계획하는 나에게 밴댕이 소갈딱지, 는 너무한 비유가 아니냐고 주장하고 싶었다. 물론 어딘은 이렇게 얘기한 적이 있다. "범우주적인 이야기는 겨자씨로부터." 그렇다면 밴댕이의 내장도 충분히 쓸

만한 크기인 게 아닐까.

일주일에 한 번 할머니

조개

학교 과제가 밀리면 핸드폰을 며칠 동안 꺼놓고 지냈다. 깜깜한 며칠이었다. 자고 과제하고 먹고 산책했다. 세상으로부터 단절되는 게 무척 쉬웠다. 정신을 차리고 핸드폰을 다시 켤 때면 늘 두려웠다. 중요한 연락이 왔는데 내가 놓쳤을까 봐. 며칠 동안 나와 연락이 되지 않아 답답함을 느끼던 친구가 말했다.

"너도 나처럼 정신과에 가보는 게 어때. 약 먹으면 확실히 좋더라."

그 말에 마음이 흔들렸다. 팟캐스트를 통해 '집중력'이 무엇인지 들었던 게 생각났다. 집중력이란 해야 할 일을 제시간에 해내는 사회능력이라고 했다. 나는 그런 능력이 부족했다. 과제를 제시간에 하지 못해 하루나 이틀 늦게 제출하거나 아예 제출하지 못할 때도 있었다. 하고 싶은 공부이고 하고 싶은 과제였는데도 그랬다. 코로나 시대 온라인 대학 생활은 강의 영상을 제때 챙겨 듣고 과제를 마감일에 맞춰 내는 것이 전부였다. 그 전부를 해내지 못하고 있다는 감각에 나는 자주 핸드폰을 끄고 잠적했다. '성인 ADHD'라는 것을 찾아보았다. 주의집중력장애. 어쩌면 나도 집중력이라고 불리는 사회능력이 결여되었기에 해야 할 일을 제시간에 못 하는 게 아닐까. ADHD는 집중력을 불러오는 특정 약을 먹으면 놀랍도록 호전될 수 있는 질병이라고 했다. 그 약을 먹고 집중해서 해야 할 일을 할 수 있다면, 내 인생이 나아질 수도 있을 거라는 희망에 마음이 부풀어 올랐다.

"나 사실은…."

친구에게 말을 꺼내려는데 어쩐지 목이 막혔다.

"내가 성인 ADHD인가 하는 생각 했어."

"그래, 나도 성인 ADHD 진단표 읽는데 네 생각 나더라. 그런데 그 진단표는 누구나 읽으면서 자기 얘기라고 생각할 수도 있는 내용이니까. 병원에 한번 가보는 것도 좋을 거야."

친구가 대답했다. 나는 집 근처에 있는 정신과에 가보기로 결심했다.

내가 사는 동네는 전통시장과 소규모 공장이
뒤섞여 자리한 서울의 변두리이다. 건물들이
오래된 아파트 상가처럼 낡고 더러웠다. '주수원
정신과'라고 쓰인 푸른색 간판 아래로 좁다란 계단이
있었다. 계단을 타고 올라가면 작은 문이 보였다.
문을 열면 낡아빠진 붉은 소파로 가득 찬 대기실이
있었다. 카운터, 진료실, 대기실 이렇게 세 부분이
전부인 작은 병원이었다. 나는 소파 끄트머리에 앉아
있다가 진료실에 들어갔다. 새하얀 머리카락을 가진
작은 체구의 할머니가 앉아 있었다.

'정신과에 가면 증상을 말해야 한다고 했어.'
나는 머릿속에 몇 가지 말을 되뇌었다. 일상생활을
불편하게 하는 나의 심리적인 병을 증명해야 한다고
생각했다. 일에 집중이 안 된다, 해야 할 일을 제때
해내지 못한다, 지인들의 연락을 받지 않는다,
그런 것들을 말하려 준비했다. 주수원 선생님은
내가 말하는 증상을 간단히 듣고 넘기시더니 몇
가지 질문으로 나의 인생 전반을 스케치해내셨다.
어떻게 보면 뻔한 질문들이었다. 무슨 대학에
다니는지, 무슨 과인지, 고등학교는 어딜 나왔는지,
부모님은 뭘 하시는지…. 그런 질문을 나에게
던지면 곧 청소년기의 방황을 알 수 있다. 중학생
때 학교폭력을 당했기 때문에 학교를 그만 다니고
싶었다. 쿠웨이트에서 일하고 있던 아빠를 따라

이민을 갔다. 쿠웨이트에 있는 국제학교를 1년
반만 다니고 중퇴했다. 갑자기 영어로 고등 과정
수업을 들으려면 공부를 열심히 해야 했는데 이에
적응하지 못한 것이다. 한국으로 돌아와 대안학교에
다녔고 졸업 후 검정고시로 갈 수 있는 대학에 갔다.
평소에는 건조하게 말할 수 있는 것들이었다. 당시엔
상태가 좋지 않았다. 하루 종일 집에 있는 것이 주는
우울감 때문에 한마디만 해도 울음이 터져 나올 것
같았다. 나는 '한 번도 성적이 좋았던 적이 없었다'고
말했다. 주수원 선생님은 한마디 비평 없이 이야기를
들었다. 나는 아주 작은 말에도 상처받는 삐짐
대마왕인데, 주수원 선생님 입에서 나온 말들은
한마디도 나를 건드리지 않았다.

"최근 만나는 친구들은 있어?"

선생님의 말에 글쓰기 모임에 관해 이야기했다.

"글쓰기 모임을 하고 있어요. 2주에 한 번씩,
친구들이랑요."

열여덟 살 때 시작해서 스물다섯 살인 지금까지
꾸준히 함께해온 글쓰기 모임이 있었다. 주수원
선생님은 놀란 표정을 지었다.

"멤버들은 그대로이고?"

"네."

"상당히 오래된 모임이네."

주수원 선생님은 종이에 뭔가를 *끄적끄적*

적었다. 처진 눈을 끔뻑끔뻑 감았다가 뜨더니, 말을
시작했다.

"내가 미국에 있는 대학에 유학을 간 적이 있거든.
논문을 영어로 읽고 쓸 줄 알았는데도, 거기서
영어로 대화를 하는 게 힘들더라고. 그 당시에는
의대에 남자들이 훨씬 더 많았어. 이렇게 커다란
백인 남자들만 돌아다녔지. 그들에 비해 내가 너무
조그만 거야. 동양인 여자가 나밖에 없었어. 조그만
내가 거기서 얼마나 힘들었겠어? 그리고 말야,
환자들을 봐야 하는데, 내가 환자들 상담을 들어줘야
했거든, 한번은 퇴역 군인 할아버지가 나한테 상담을
받았어. 미국 남부지방 사투리를 하는데 알아들을
수가 있어야지. 처음엔 엄청 무시하더라고. 얼마나
알아듣느냐고 내게 물어보더라. 한 50퍼센트
알아듣는다고 얘기했지. 그러니까 솔직하게
대답해서 좋다고 하더라. 내가 친절하게 상담도 다
해주고 하니까. 나중에는 고마워했어."

나는 고개를 앞으로 숙이고 주수원 선생님이
중얼중얼 건네는 말을 들으려고 애썼다. 눈을
부릅떴다.

"그러니까 그렇게 어려운 거야. 외국에서
생활한다는 거는 말야."

선생님이 긴 이야기를 마무리 지었다.
정신과의사치고는 말이 많은 분이었다. 결론은,

쿠웨이트에서의 일을 실패로 생각하지 말라는
뜻이었던 모양이다.

"마지막으로 궁금한 거 있어요?"

선생님이 안경을 내리면서 말했다.

"제가 성인 ADHD가 아닌지 궁금했어요."

선생님은 내가 오랫동안 글쓰기 모임에 다니고
있으므로 ADHD는 아니라고 말했다. 자신감이
생기는 약이라며 하루에 3회씩 먹는 조그만 약을
처방해주었다.

주수원 정신과 선생님은 지금까지 써온 글을 몇 편
가져와달라고 했다.

"저기 뒤에 사진을 봐요."

뒤를 돌아보니 여자들이 잔뜩 늘어서 있는 단체
사진이 있었다.

"내 제자들이거든. 내가 글은 잘 모르지만,
그래도 지금까지 많은 글을 읽어왔고 많은 학생을
맡아왔어요. 그러니까, 글을 한번 가져오면 내가
읽어볼게."

나는 최근에 쓴 글을 가져갔다. 글자 크기를
12포인트로 크게 해서 프린트하니 원고가 묵직했다.
글을 드리고 그다음 주에 찾아뵈었을 때 주수원
선생님은 내게 감귤타르트를 주셨다.

"글을 잘 써서 주는 거야."

그 뒤로 주수원 선생님은 내게 도서관에
다니느냐고 묻곤 했다. 선생님께 드린 글이 매일
도서관에 다니던 시절에 관해 쓴 수필이었기
때문이다. 도서관은 조용하고 음습하고 돈이
없어도 갈 수 있는 곳이었다. 히터와 에어컨이
있어 언제 가도 온도가 적당한 정도로 맞춰져
있었다. 즉석에서 책을 빌리고 반납할 수도 있었다.
도서관의 이런 면들이 감수성을 예민하게 만들었다.
그곳은 출근하듯 다닐 수 있어서 내가 중요한 일을
하고 있다고 느끼게 했다. 그러나 코로나 시국이
시작되면서 그 일도 관두었다. 도서관이 계속 열었다
닫기를 반복하자 끝내 배신감을 느꼈다. 도서관이
사람도 아닌데 그랬다. 재난이 일어나면 제일 먼저
닫아버리고, 제일 늦게 여는 곳이라고 생각했다.
도서관으로부터의 자립밖에는 선택지가 없었다.
　정신과는 도서관의 대체재 역할을 하고 있었다.
온종일 집에 있으면 우울함에 빠져 아무것도 할 수
없었다. 내가 가치 없는 일을 하고 있다고 생각하게
되는 것이 가장 치명적이었다. 상담을 받고 약을
먹고 난 후부턴 정신을 다잡고 있을 수 있었다.
무엇이든 하고 있을 수 있었다. 머리가 맑아지지는
않았지만, 일기라도 쓸 수 있었다. 그림이라도 그릴
수 있었고, 채용 지원서라도 쓸 수 있었다. 최소한
하루 종일 잠들어 있지는 않았다.

"휴학하고 싶어요. 교수님에게 상담도 받고 소논문을 쓰면 피드백도 받고 싶은데 비대면 수업을 하면 도저히 소통이 안 돼요. 메일을 주고받아도 교수님이 제 상황을 전혀 모르고 계신다는 생각만 들어요. 절 만나보신 적이 없으니까요."

내 말에 주수원 선생님은 고개를 끄덕였다.

"그럴 법도 하지. 코로나 상황만 끝나면…."

선생님은 왜 취직을 하려고 하는지 물었다.

"비대면 수업을 하면서 온종일 집에 있을 때가 많았어요. 그럴수록 점점 더 우울해졌어요. 매일 매일 출근할 곳이 있으면 좋을 것 같아요."

"아, 그래서 잠깐 휴학을 한다는 거구나."

주수원 선생님은 다시금 고개를 끄덕이더니 어디를 지원했느냐고 물었다. 나는 서울시에서 청년들에게 제공하는 '희망일자리사업'에 지원했다고 말했다. 그중에서 학교생활지원사업, 외국인재난지원금지원사업, 정부기관 DB구축사업 등에 지원서를 넣었다고 설명했다.

그날 오전에는 학교생활지원사업 면접을 보고 왔다. 초·중·고등학교에 가서 코로나 방역을 돕는 일이었다. 방역이란 뭘까? 청소하고 비슷할까? 서류만 보고는 정확히 알 수 없었다.

"면접은 완전히 망했어요…."

"왜? 질문이 뭐였는데?"

"다른 사람들과 협동하여 일한 경험에 대해서
말해보세요, 뭐 그런 거였어요. 다섯 명이 같이
면접을 봤는데요, 옆에서 경력 있는 사람들이 말하는
걸 들으니까 생각이 더 안 나더라고요. 학교에서
일했던 경험이 있는 사람들, 보조교사로 일하다가
코로나19 때문에 실업 상태인 사람들이 있었어요.
전 그냥 대학생인데. 면접 보러 온 사람들이 대부분
삼십대였어요. 겨우 하루 네 시간 일해서 한 달에
80만 원 받는 3개월 계약직일 뿐인데…."

주수원 선생님은 나에게 면접을 보러 가길
잘했다고 했다.

"정말요?"

나는 신이 나서 주수원 선생님에게 내가
할지도 모를 일들, 하고 싶다고 생각하는 일들을
털어놓았다. 중국어를 배우고 싶어요, 취직하려고
하고 있어요, 글을 쓰고 싶어요, 그림을 그리는
걸 좋아해요. 주수원 선생님은 나의 글을 유심히
읽었고, 나의 그림에 감탄했다.

"글도 잘 쓰고 그림도 잘 그리는 아주 재능이 많은
친구네."

주수원 선생님은 의사복을 입고 안경을 쓰고
커다란 책상과 의자에 파묻혀 있었다. 파묻혀 있다는
면에서 조금은 동화책에 나오는 두더지 할머니
같기도 했다. 그녀는 자주 감탄하면서 중얼거리듯

말했다.

"아주 훌륭한 친구야."

나는 그녀 나이의 여자에게 칭찬을 받아본 적이
없어서 그 쉬운 말에도 기쁨을 느꼈다.

뜻밖에도 학교생활지원사업에 선정됐다.
산꼭대기에 있는 병설유치원에서 방역 일을 하게
되었다. 주수원 선생님을 만나러 가 이 사실을
알렸다. 선생님이 말했다.

"그래, 네가 그런 문제로 고민을 했으니까 일을
해보는 건 좋은 것 같아. 사실 나는 네가 학생이니까
일할 필요가 없다고 생각을 했는데. 네가 그냥 노는
것은 아니잖니. 책도 읽고 글도 쓰잖아. 그러니까
아무 일도 안 한다고 생각할 필요는 없는데. 그래도
일을 해보고 싶다면 그게 좋겠지."

나는 조금 씁쓸한 기분을 맛보았다.

"그곳에서 일하면서도 아주 세세하게 관찰해야
해. 네가 겪게 되는 일들을 잘 기억했다가
조각조각들이라도 써서 글로 남겨둬."

나는 고개를 끄덕였다. 정신과 밖으로 나오면서
'아, 글도 수련이 필요한 일인데, 나태했다' 하는
생각이 들었다. 날카롭게 그리고 부지런하게 주변을
관찰하고 글을 쓰고 실력을 닦고 싶어졌다.

아침 8시 반이면 집을 나섰다. 집 뒤쪽으로 10분
정도 올라가면 산 정상이었다. 두 귀에 이어폰을
끼고 오디오북을 들었다. 박경리의 『김약국의 딸들』.
기분 좋은 바람이 살랑살랑 불었다. 마스크가 가린
하관 부분에만 땀이 났다. 준비해 간 손수건으로
틈틈이 마스크 아래를 닦았다. 파워워킹으로 걷다가,
접시꽃이 보이면 멈췄다. 보라색 접시꽃 넝쿨이
소나무를 감싸고 올라가 점령했다. 산꼭대기에서
오른쪽으로 틀어 10분을 더 걸어가면 산속에 푹
파묻힌 병설유치원이 보였다. 마지막 3분은 뛰었다.
조금 늦게 출발한 탓이다. 매일 아침 같은 시간에
일어나려던 결심이 수백 번 무너졌는데 출근을
시작하니 간단히 해결되었다.

첫 출근 이후 다시 주수원 선생님을 찾았다.
"그래, 출근은 해보니 어때?"
"출퇴근길이 좋아요. 출퇴근길 때문에 일하고 있는
것 같아요."
"정확히 무슨 일을 하니?"
"그냥 잡일이요…. 생활 방역이라고는 하는데
청소랑 뭐가 다른지 잘 구분이 안 돼요. 화장실
청소도 하고 창고 정리도 하고 애들 밥 먹는 것도
도와주고 놀이자료 만드는 것도 도와주고. 남는
일이라면 뭐든 해요."

"…."

선생님은 잠시 나를 보더니 말했다.

"중요한 일이라고 생각해야 해. 잡일을 중요한 일이라고 생각하지 않을 것 같아서 하는 말이야."

이야기는 선생님이 레지던트 시절에 잡일해본 경험으로 이어졌다. 서울 토박이 선생님이 의대생이던 시절, 한국의 지방은 그야말로 가난했던 모양이다. 선생님은 치료 시설도, 주거 시설도, 식수도 열악한 지역으로 가서 봉사활동을 하던 장면을 설명했다. 위생 상태가 좋지 못한 사람들이 많이 찾아왔으며, 의사들이 간단한 진찰을 하는 것만으로도 그 사람들에게 큰 도움이 되었다고 했다.

"나는 그때 의사가 아니었으니까. 동기들이랑 밤새워가면서 빨래하고 의료 도구 준비하고 그랬지."

그곳에서 대가도 없이 고생했던 경험을 듣다 보면 마치 다른 나라 얘기를 듣는 것 같았다. 나랑 세대도 다르고, 계층도 다른 선생님의 젊은 시절은 역사책에 나오는 이야기 같았고 가끔 경탄이 나왔다. 어찌 됐든 이야기의 결론은 수련의 시절을 견뎌야 전문가가 되는 법이라는 교훈 쪽으로 흐르는 것 같았다….

이렇게 생각하는 사이 선생님은 어느새 다른 이야기를 시작하고 있었다. 교수 밑에서 조교로 일하는 대학원생 얘기였다. 그는 5개월 동안 조교로 일한 대가로 겨우 50만 원밖에 못 받았다. 요약하자면 그 얘기인데, 주수원 선생님은 이 얘기를 무지하게 길게 하셨다. 한참이나 듣느라 목이 뻐근할 지경이었다. 그 대학원생 이야기만으로도 모자라 그의 부모, 할머니, 일가친척 이야기까지 섞어가면서 했기 때문에 중간부터 알아듣기를 포기했다. 종이에 족보를 그려가며 들어야 할 것 같았다. 그즈음 매일 듣던 『김약국의 딸들』이 생각났다. 오디오북으로 듣다가 머리가 터질 것 같아서 책을 샀다. 그리고 족보를 그렸다. 한 챕터가 넘어갔을 뿐인데 10년이 지나 있는 것, 주인공들(다섯 자매)의 아버지의 어머니 이야기부터 시작하는 것이 헷갈렸다. 등장인물이 많아도 너무 많았다. 어쩐지 그래서 이야기가 더 풍성한 것 같기도 했다. 나는 소설만큼 풍성한 주수원 선생님 이야기를 듣다가, 나만 잡일을 하며 사는 건 아니구나, 하고 생각해버렸다. 잡일은 중요한 거구나, 라고도 생각했다. 주수원 선생님의 횡설수설은 늘 유효했다.

오랜만에 진료실 문을 열고 들어갔다. 주수원 선생님이 미소 지었다. 몸은 괜찮냐고 물었다. 지난주에 아프다며 급하게 상담 예약을 취소했기 때문이다. 그때는 유치원에서 일도 하고 중국어도 배우고 글도 쓰느라 과로해 앓아누웠다. 주수원

선생님이 이렇게 무리하지 말라고 당부했는데. 일에
적응하기도 힘든데 중국어를 배운다느니 추가적인
일을 만들지 말자고 한 적이 있었다. 나의 과로는
욕심에서 비롯된 것이었다. 나는 고집을 부려
중국어 학원에 다니기 시작했으며, 이토록 바빠지게
되었다고 털어놓았다.

주수원 선생님은 중국어를 배우는 걸 반대한 건
아니라고 말했다.

"그걸 배워도 너에게 메리트가 없을 거라는 거지.
하지만 말이다, 네가 하고 싶은 걸 하는 거니까. 그건
기쁘지?"

나는 그렇다고 대답했다.

"글은 못 쓰고 있니?"

하루 두 시간씩 글도 쓰고 있다고 말했다.
선생님은 웃었다.

"너는 아주 하고 싶은 게 많구나."

"그게 문제예요."

우리는 웃었다.

"그래. 젊으니까. 그렇게 불태우면서 사는 것도
좋지. 나도 이렇게 바쁘게 상담 일도 하고 그럴 때가
좋아. 집에서 하는 것 없이 있으면 아주 기분이
찝찝해."

새삼 1939년생이라던 선생님의 연세가 생각났다.
선생님 연세에도 일하면서 살고 싶은 게 인간일까

하는 생각이 스쳤다.

"지난 주말에도 말이다, 하는 것 없이 있었는데
기분이 아주 나빴단다. 책을 한 권 읽었더니
기분이 싹 좋아지더라고. 이렇게 하고 싶은 일을
하면서 살아야지 싶더라. 그러다 깜빡 잠이 들었어.
저녁때가 되어서야 일어나서 TV를 켰는데 영화
〈작은 아씨들〉을 하고 있더라고. 봤지. 나는 말이다,
그 〈작은 아씨들〉 영화를 아주 옛날에 엘리자베스
테일러가 에이미 역으로 나올 때 처음 봤거든.
그때 조 역으로 나온 배우는 그다지 예쁘지 않게
생겼었어…. 조는 아주 속이 단단한 여자잖니?
자기가 하고 싶은 일을 진행시켜버리잖아. 그래서
나는 이번에 〈작은 아씨들〉 영화를 보면서 상희 씨
생각을 했어. 조가 그렇게 작가가 되려고 노력하고
글을 쓰는 모습을 보니까, 상희 씨가 생각나더라고.
『작은 아씨들』 같은 글, 상희 씨도 쓸 수 있을 거라고
생각했어…. 나도 고등학생 시절에는 작가가 되고
싶다고 생각했어. 의사 일을 하다 보니 세월이
지나버렸지만. 왜 그렇잖니. 정신과의사들이
글쓰기를 좋아하잖아. 그 생각을 하면, 작가가 되고
싶어 하는 상희 씨 같은 사람을 보면 내가 아주 참
기특해."

『작은 아씨들』은 최근 영화화되어서 재독한
책이었다. 『작은 아씨들』 2권 거의 마지막 부분에서

스물다섯 살 조가 자신의 처지에 대해 긴 독백을
하는데, 그걸 읽으면서 가슴이 두근거렸다. 부잣집
아들 로리와 결혼하고 싶지 않지만, 글을 쓰는 일은
돈도 별로 되지 않고 고독하기만 한 혼란스러운
현실이, 앞으로 작가로 살더라도 영원히 고독하기만
할 것 같아 찾아온 절망감이 표현되어 있었다. 나는
이 부분이 슬펐다. 『작은 아씨들』의 저자 루이자
메이 올컷이 중년 이후에 얻었을 작가로서의 성공과
안정이 그 시점의 조에게는 찾아오지 않았다.
2권에서 조는 스물다섯 살의 혼돈 속에 멈춰 있었다.

 "언제 작가가 될 수 있을지도 모르는걸요."

 주수원 선생님은 그런 건 상관없다는 듯 손을
내저으며 말했다.

 "오늘 최선을 다해 살았다고 생각하면 행복하지
않니?"

 나는 그렇게 생각해야겠다고 다짐했다. 내일 일
모레 일 어제 일 생각하지 않고 오늘 눈 감고 잠들
일만 생각하기로 했다.

수줍은 용암, 조개

처음 조개를 만나는 사람은 오해할 수 있다. 들릴락 말락 한 목소리, 발갛게 달아오르는 볼, 나긋한 미소. 부끄럼쟁이로군. 나도 그랬다. 어느 늦가을 조개가 글방에 나타났을 때 잘 버틸 수 있을까, 달콤하지만 쌉싸름한 곳인데, 라고 생각했다. 기우였다. 지독히도 독립적인 영혼을 가진 구성원들, 예의 바르지만 날카로운 직언, 재능을 작품으로 연결하려는 치열한 수련에 조개는 열광했고 환호했다. 조개 또한 놀랍도록 주체적이었으며 글쓰기에 대한 야심이 그 안에서 드글드글 끓고 있었다는 얘기다.

조개는 꼬박꼬박 글을 써 왔다. 쿠웨이트에서 살던 이야기, 친구들과의 불화, 그동안 읽은 책들, 고결한 것들에 대한 시샘과 질투, 넘치는 울분과 사랑과 슬픔. 꼿꼿하고 정결한 영혼이 겪어내는 외롭고 높고 쓸쓸한 이야기였다. 글 쫌 쓰는 '언니들'은 조개를 싸고돌았다. 집으로 데려가 밥을 먹이고 밤새 얘기를 하고 옷을 함께 고르고 라디오글방에도 코너를 내주었다. 조개는 언니들 틈에서 판소리를 하고 훌라를 추고 노래를 부르고 글을 썼다. 소심한 것 같지만 장렬한 친구군, 언니들은 흐뭇하게 웃었다. 조개가 추는 훌라는 전사의 춤 같았고 조개가 두드리는 북은 무사의 의례 같았다. 강렬하고 야생적인 에너지가 몸 곳곳에서 때로는 잠복하고 때로는 분출했다.

'토지 학회'로부터 초대받은 일에 대해 쓴 조개의 글은 지금도 기억에 남는다. 내 주변에서 『토지』를 다 읽은 사람은 세 명이다. 국문과 대학원에서 『토지』로 논문을 쓴 친구, 나의 이모부 그리고 조개. 어느 해 여름 여성 작가를 탐구해보라는 내 제안에 조개는 박경리 작가의 『토지』스물한 권을 그야말로 읽어치웠다. 왜? 모두 놀라서 물어보자 너무 재밌어서 멈출 수가 없었어, 하루에 두 권을 읽은 적도 있어, 정말 너무 재밌어서, 눈을 빛내며 그녀가 말했다. 다음 해인가 토지 학회에서 가는 만주 지역 문학기행에 신청을 했는데 조개 말고는 참가자가 백퍼센트 학자여서 주최 측에서 조개에게 따로 전화를 걸어왔다고 한다. 아무래도 연령 차이가 너무 나는 데다 기행 프로그램이 지나치게 전문적이어서 재미없을 수도 있으니 참가를 다시 고려해보라고. 그녀는 한숨을 쉬며 참가를 포기하고 말았다. 그때 일을 계기로 그다음 해 원주에서 열린 『토지』심포지엄에 특별 초대를 받는다. 역시나 그 자리에서도 조개는 유일한 스무 살, 최연소 참석자였다.

조개와 『토지』이야기를 나누는 것은 언제나 즐겁다. 강청댁과 월선이와 임이네와 임명희와 서희와 환국과 윤국과 봉선이와 주갑이와 양현이와 강포수에 대해 우리는 한 시간도 넘게 이야기할 수 있다. 너무 슬프다, 너 이후로는 이제 아무도 『토지』를 안 읽겠지, 내가 말하면, 그럴 리가요 『토지』가 얼마나 재밌는데요, 눈을 동그랗게 뜨며 조개가 말한다. 가와바타 야스나리가 백 년쯤 전에 쓴 『이즈의 무희』 따위를 읽는 이도 내 주변엔 조개밖에 없다. 최제우의 『용담유사』를 다 읽고 글을 쓴 이도 조개밖에 없다. 유장한 서사가 조개 안에 흐르고 넘치고 도도하게 굽이치고 있다. 몸을 휘돌던 이야기는 언젠가 세상 밖으로 물길을 낼 것이다. 무정형의 마그마가 어떤 형태로 분출될지 기대해볼 일이다. 수줍은 용암은 어쩌면 더 붉고 뜨거울지도.

조개의 어린글방

저녁 8시가 되면 컴퓨터를 켰다. '매일 두 시간 글방(매두글방)'을 하기 위해서였다. 코로나 이후 온라인 줌 독서실이라는 게 유행이다. 사람들이 같은 시간에 줌 화면을 켜놓고 집중해서 공부를 하는 모임이다. 그런 비슷한 걸 여치와 둘이서 했다. 여치와 나는 줌 화면을 켜놓고 두 시간 동안 집중해서 글을 썼다. 두 시간이 땡 하고 지나면 음소거를 끄고 대화를 시작했다. 두 시간 동안 쓴 미완의 글을 서로 읽어주기도 했다. 여치는 쓰고 싶은 이야기가 있었다. 그녀는 긴 글을 쓰고 있었다. 나는 특별히 당장 쓰고 싶은 주제가 있는 건 아니었다. 단순히 글쓰기를 지속하고 싶었다.

어떻게든 글쓰기를 계속하고 싶다는 마음이 낳은 글이 「일주일에 한 번 할머니」이다. 매일 밤 여치와 줌으로 만나 두 시간씩 글을 썼다. 글을 완성하면 어딘글방에 가져갔다. 2020년 어딘글방은 줌으로 진행되었다. 나는 유치원에서 퇴근하자마자 허겁지겁 근처 카페에 가 컴퓨터를 켜고 어딘글방에 접속했다.

어딘은 줌으로 화상 모임을 하면 당신의 얼굴을 보고 있어야 하는 게 부끄럽다고 했다. 어딘의 목소리가 들렸다가 끊겼다가 했다. 나는 컴퓨터 화면에 얼굴을 너무 가깝게 대고 있어서 눈만 보였다. "조개 눈을 이렇게 가까이 보긴 처음이야" 어딘이 말했다. 카페의 음악 소리가 글방을 소란스럽게 만들었다.

어딘의 피드백은 언제나 나의 개인적인 글을 이 세상의 흐름과 연결해주었다. 그뿐인가. 나의 글쓰기 역사를 모조리 알고 있는 어딘은 이 글이 나에게 어떤 의미를 가지는지까지 해석해주곤 했다.

어딘글방에 글을 발표하고 이야기를 한바탕 들으면, 그 글과 관련된 지금까지의 갈등과 번민이 일단락되는 기분이 들었다(물론 다음 날부터 2차 갈등과 번민이 생겨났다). 그 글과 관련된 나의 삶, 그 삶에 대한 나의 해석, 글을 쓰기 위해 들인 노력이 주목받고 보상받는 것 같았고, 마음이 풍선처럼 가득 찼다(후회로 가득 차는 날도 있었다). 그 기분에 중독되어서 지금껏 글을 써왔고 글방을 해온 것 같다.

어딘글방은 일정 기간 있다가 없어지기를 반복했다. 유지되는 기간은 6개월일 때도, 1년일 때도, 2년일 때도 있었다. 어딘글방이 없을 때는 어딘 없이 청년들끼리 모이기도 했다. '매두글방' 같은 작은 글방들이 그것이다.

나는 어딘글방의 기회가 오면 언제나 붙잡았다.

"어딘글방, 다시 시작할까?"

어딘이 물어보면 늘 "네!" 하고 대답했다. 대학 생활이고 알바고 취업이고 다 중요하고 바쁘지마는 어딘글방에 다니는 게 가장 중요했다. 왜였을까? 그 이유를 처음으로 어딘글방에 갔던 날의 기억에서 찾고 싶다.

열여덟 살에 학교를 그만두고 혼자 한국에 왔을 때였다. 부모님은 쿠웨이트에 계셨다. 경기도에 사는 이모 집 창고방을 비워서 생활했다. 책상 밑에 이불을 깔고 누우면 꽉 차는 작은 방이었다. 나는 학교로부터 무작정 도망치기는 했는데, 주변에 아무도 아는 사람이 없어서 고립되어 있었다. 대책 없이 시간을 흘려보냈다.

인터넷을 통해 알게 된 낯선 글쓰기 모임에 찾아갔다. 서너 명 정도의 사람이 모여 있었다. 테이블 위에 소설, 수필, 시까지 다양한 글이 놓여 있었다. 모임의 중심에는 '어딘'이라고 불리는 선생님이 있었다. 아무나 범접할 수 없는 카리스마가 느껴졌다. 나는 이름을 소개하고는 작은 목소리로 박정희 형 '박상희'와 같은 이름이라고 덧붙였다. 주위가 잠시 웅성거렸다. 어딘은 '박상희'가 사회주의 독립운동가였다는 이야기를 짧게 들려주고는 말했다.

"그 사람 이야기도 재밌거든. 배울 게 많아서 좋겠네."

나는 학교에 다니던 시절에 당한 학교폭력 이야기를 써서 어딘글방에 갔다. 깨끗한 인상을 주는 스물한 살의 여자가 주먹을 쥐고 팔을 굽히며 말했다.

"이 글은 주먹을 꼭 쥐고 쓴 글 같아요. 컴퓨터 타자로 쓴 글 같지가 않고 연필로 눌러쓴 글 같달까."

맞은편에 앉아 있던 곱슬머리에 목이 긴 여자가 말했다.

"글쓰기란 뭘까 생각하게 되는 거예요. 소심한 사람은 상황을 가만히 지켜보고 있다가 이런 글을 써서 복수하는 거죠."

글에 대해 마지막으로 말하는 사람은 어딘이었다. 어딘은 작가이자 글방 구성원들의 시선과 일상을 휘어잡는 선생님이었다. 그녀는 이런 말을 했다.

"학부모들이 읽는 잡지 같은 데 있잖아. 그런 데 실으면 좋을 것 같아. 따돌림이 어떤 건지, 어떤 순서로 진행되는 건지 너무나 명확하게 나와 있는 글이거든."

나는 나의 글에 대해 말하는 그들을 감히 제대로 쳐다보지도 못하고 두 손으로 얼굴을 감싼 채 앉아 있었다. 정통으로 번개라도 맞은 것처럼 꼼짝도 할 수 없었다. 너무 행복했기 때문이다.

어둑어둑한 길을 되짚어 경기도로 돌아가는 지하철을 탔다. 시원한 기분이었다. 수고했다는 기분이었다. 허리를 한껏 내리고 누운 듯 앉았다. 색색의 별똥별이 머리 위를 지나다니는 것 같았다.

개미와 베짱이

하야티

영은 자기가 사는 정릉이 서울의 마지막
달동네라고 말했지만 개미마을이 있는 한 그것은
사실이 아니다. 개미마을을 설명할 땐 언제나
'서울에 몇 남지 않은 달동네'라는 수식이 붙는다.
한국전쟁이 끝났을 무렵 인왕산 산비탈엔 가난한
이들이 모여 천막을 치고 살았다. 그 모습이 꼭
서부영화에 나오는 인디언 부락 같다고 해서
인디언촌이라고 불리던 것이 예술가들이 모여
살았다고 해서 문화촌이라고도 했고 마을 사람들이
개미처럼 열심히 일한다 해서 개미마을이라고도
불렸다. 그리고 그곳에 개미처럼 일하는 언니와
예술가인 중원과 가난한 내가 산다.

알바가 끝나고 집에 돌아가는 길은 고단하다.
돌아갈 집이 산 중턱 달동네일 땐 더욱이 그렇다.

밤늦게 마을버스가 끊겨 집까지 걸어 올라가는
날이면 오르는 중간중간 쉬어가며 뒤를 돌아봐야
했다. 숨을 고르며 저 위를 쳐다보면 가파른
산골짜기에 고만고만한 낮은 지붕들이 따개비처럼
다닥다닥 붙어 있다. 파도가 치면 쉽게 쓸려 갈 것
같은 따개비들의 껍데기에는 색색의 벽화가 낡고
있다. 커다란 거북이, 커다란 제비꽃, 커다란 무지개,
커다란 스폰지밥과 뚱이, 조그만 참새 등등이 별
연관성 없이 집집마다 그려져 있다. 그 그림들
사이에 커다란 종이비행기가 그려진 우리 집이
있다. 우리 집 바로 뒤로는 지금까지 올라온 길보다
훨씬 가파른 콘크리트 계단이 엉성하게 놓여 있다.
나는 매일 그 계단을 오르내리지 않아도 된다고
안도했지만 그 길의 끝에 사는 할머니는 날마다 두
손 두 발로 계단을 오르다가 무릎을 짚으며 숨을
골랐다.

　나는 불을 켜지 않고도 면봉이 어디에 있는지
알고 보일러를 켜면 어디가 제일 뜨뜻한지 알고 또
이 집에선 나의 냄새가 나고 안방 벽의 페인트도
내가 몇 날 며칠을 신중하게 고른 장미색과
백사장색으로 칠한 것이지만 사실 이 집의 주인은
내가 아니다. 같이 살면서 달마다 공과금을 내지만
집안일은 잘 하지 않는 언니도, 적금 타서 전세금을

내준 우리 엄마 아빠도 이 집의 주인은 아니다.
이 집의 소유주는 개미마을에 총 여덟 개의 집을
가지고 있다고 했다. 물론 그는 개미마을에 살지
않는다. 집은 강남 어디라고 했던 것 같다. 그는
이 집에 쥐가 사는지 민달팽이가 사는지 여자애
혼자 사는지 아니면 둘이 사는지 전혀 관심이 없다.
어차피 재개발만 되면 곧 허물어질 집이라고 바닥과
벽이 기울어지고 문이 부서지고 외벽이 벌어지고
보일러가 없고 지붕에서 물이 새도 일절 손대지
않은 채 세입자를 받고 전세금을 올리고 계약
기간을 줄이고 다만 그렇게 산다. 나는 그의 얼굴을
본 적도 없었다. 파리바게뜨 테이블에 마주 앉아
계약서에 도장을 찍은 것도, 계약할 때 약속한 대로
무너져가는 외벽을 수리해달라고 전화했을 때 기분
나쁘게 무슨 아침부터 이런 전화를 거느냐고 역정을
낸 것도 그의 아내였다. 그는 서울 어딜 가도 이
돈으로 전셋집 못 구한다며 전세금을 올렸다. 맞는
말이었다. 그가 기다리던 재개발이 시작되어 이 집이
허물어지면 우리는 그의 말대로 그 돈으로 구할 수
있는 전셋집이 없어 비싼 월세를 내고 더 좁은 집에
살거나 서울에서 엉덩이를 떼거나 해야 할 것이었다.
그에겐 불행이지만 우리에겐 다행히도 아직 재개발
소식이 없어서 우리는 올봄에도 텃밭을 갈아서
감자를 심고 바질을 심었다. 그러나 계약 기간이

내년 봄까지이기 때문에 그때도 바질이 여기서 씨를
맺을 수 있을지는 알 수가 없다.

영과 함께 영화 〈7번방의 선물〉을 봤다. 그다지
보고 싶던 영화도 아니었고 모니터 검은 부분에
비친 영의 얼굴을 보느라 영화엔 잘 집중하지
못했으나 기억나는 장면이 하나 있었다. 예승이가
일하러 가는 용구를 배웅하고 뒤돌아오는 길에
마음속으로 하나, 둘, 셋! 세고 뒤돌아보자 용구가
짠! 뒤돌아서서 우스운 표정을 지어 보이고 둘이
까르르 웃음을 터트리는 장면이었다. 영화가 끝나고
영을 배웅하는 길에 영과 나는 마음속으로 하나
둘 셋을 세고 동시에 짠! 뒤돌아 까르르 웃음을
터트렸다. 〈7번방의 선물〉을 본 이유는, 또 우리가
웃음이 터진 이유는 그 장면을 찍은 곳이 요 앞
삼거리 연탄가게 버스 정류장이기 때문이다. 그다음
정류장에선 방탄소년단이 컴백 포스터를 찍었다.
방탄소년단이 컴백하기만을 오매불망 기다리던
나는 그들이 컴백해서 기뻤지만 바로 우리 집 앞에
그들이 있었는데 만나지 못했다는 사실이 슬펐다. 그
뒤로 나는 집 앞 골목에 사람들이 몰려 있다 싶으면
기웃기웃 관심을 가지게 되었다. 사람들이 몰려 있을
때는 대개 사랑의 연탄 나눔 같은 것을 하러 모여
있는 경우였지만 서울의 몇 남지 않은 달동네를

배경으로 뭔가를 촬영하고 있는 경우도 더러 있었다.

한번은 안방 창문 바로 아래쪽에서 이런 소리가
들리기도 했다. "오케이, 다른 포즈. 팬티 잘 보이게
조금만 더 내려 봐." 솔직히 안방에 내가 아닌 누가
있었더라도 그 소리에 창문을 열어봤을 것이다.
창문 아래에는 어떤 남자가 청바지를 입고 그러나
상의는 입지 않고 오토바이 옆에 서서 빨간 팬티가
잘 보이게 포즈를 취하고 있었다. 그는 피팅 모델인
듯했다. 나는 아무것도 입지 않은 상체와 빨간
팬티와 조금 내린 청바지와 오토바이는 아무래도
우리 집과 잘 안 어울리는 것 같다고 생각했다.

어느 날은 "그 애를 왜 우리가 키워! 보육원이나
고아원에 보내면 되잖아!"라는 드라마 대사가
반복해서 들려오기도 했다. 그럴 때마다 나는
배우들의 뻔뻔함에 감탄하며 조심스레 창문을
내다보았다. 집 앞에는 '한국예술종합학교
영화과'라고 써진 롱 패딩을 입은 사람들이 바닥에
앉아 짜장면을 먹고 있었다. 가끔 협조를 요청하는
공영방송사의 명함을 받기도 했다.

집 앞 골목에는 혼자 카메라를 들고 돌아다니는
이들이 많았다. 오며 가며 자주 손잡고 돌아다니는
커플들이나 이번엔 네 차례, 이번엔 내 차례 하며
한참이나 사진을 찍고 깔깔거리는 무리도 마주쳤다.

어느 아침은 낯선 언어로 떠드는 소리에 잠에서
깨기도 했다. 휴일 오전이면 나는 창문을 열고
관광객들을 관광했다. 그러다 혹시라도 대문밖에
널어놓은 내 망사팬티가 그들의 카메라에 잡힐까
봐 슬그머니 빨래건조대를 들여오기도 했다. 떡진
머리와 후줄근한 잠옷 차림으로 빨래를 걸으러
나갔다가 데이트를 하기 위해 한껏 차려입은 그들을
마주치면 왠지 억울하고 자존심이 상했다. 나도 밖에
나갈 땐 화려하게 차려입고 나가는데! 이렇게 높고
낡은 집에 산다고 불쌍한 애처럼 여기거나 나마저도
피사체 혹은 드라마의 일부라고 생각할까 봐 걱정이
되어 웬만하면 그들과 마주치고 싶지 않았다.

  그들과 나는 주로 오전 10시의 마을버스에서
마주쳤다. 셀카봉을 든 그들은 개미마을에서
내렸고, 노트북을 든 나는 개미마을에서 탑승했다.
"뭐야, 생각보다 안 예쁘네." 사진만큼 환상적이지
않은 벽화마을을 보고 실망하는 그들을 보면 괜히
내가 미안해졌다. 뜬금없이 아기자기한 카페가
들어서거나 '쉿! 주민들이 살고 있는 공간입니다'
따위 표지판이 붙지 않은 것은 다행일지도
모른다. 개미마을 전체에 그려진 벽화는 재개발을
미루면서도 사람들이 너무 몰리지 않는 딱 그만큼만
유명했다. 가파른 길을 오를 때마다 벽화 따위
쓸모없고 에스컬레이터나 설치해줬으면 하는

마음이었지만 가끔 눈이 쌓이거나 해가 지거나 꽃이
피거나 나뭇잎이 무성하거나 낙엽이 질 때 마을을
올려다보면 새삼 영화를 보는 것 같은 기분이 들기도
했다.

　그러나 이 영화는 화려한 액션 영화도 달콤한
로맨스 영화도 아니다. 적나라한 단편독립영화 쪽에
가깝다. 특히나 개미마을의 겨울은 엄마 아빠가 한번
와보고 나서 우리 딸 이런 데 사냐며 눈물을 흘리고
돌아갈 정도로 혹독했다. 같은 서대문구인데도
신촌에 비가 올 때 개미마을엔 눈이 내린다. 눈이 온
날 아침이면 비질 소리에 잠이 깼다. 눈은 소리 없이
오는데도 사람들은 귀신같이 알아차리고 나와서
사악—사악—길을 쓸었다. 가파른 오르막길에 눈이
얼어붙으면 길고양이들 말고는 누구도 함부로 길을
다닐 수 없기 때문이다.
　고도가 높고 볕이 잘 들지 않는 탓일까, 겨울엔
집 안에 있어도 추웠다. 안방에서도 하얗게 입김이
나오고 화장실은 거의 바깥이나 다름없어서 오줌을
싸거나 생리컵을 꺼낼 때마다 김이 모락모락 올랐다.
허술하게 스티로폼을 덧댄 벽을 뚫고 들어오는
외풍 때문에 3중 뽁뽁이 방풍 비닐을 사서 문과
창문에 붙이고 집 안에선 옷을 따뜻하게 껴입었다.
방이 작아 책상이 없기 때문에 롱패딩을 입고 거실

식탁에 앉아 글을 썼다. 글을 쓰다가도 손이 시려워 잠시 겨드랑이나 오금에 손을 끼워가며 글을 쓰느라 평소보다 시간이 더 걸렸다. 보일러를 빵빵하게 돌리면 되긴 하지만 보일러 온도를 1도 올릴 때마다 손이 떨렸다. 기름값이 너무 비싸기 때문이었다.

따뜻한 지역에서 자란 나에게 수도관 동파 방지를 위해 항상 물을 약하게 틀어놓는 일은 좀처럼 익숙해지지 않았다. 물이 틀어져 있으면 꽉 잠그는 것이 본디 인간의 성질이거늘. 그러나 글방 글 마감보다 무서운 것이 수도관 동파였다. 수도관이 얼면 성수기 맞아 바쁜 수도관 수리기사님이 올 때까지 물을 한 방울도 못 쓰는 불편함은 둘째 치고 목돈 30만 원을 순식간에 날릴 수 있었다. 한 해 겨울 동안 동파된 수도를 고치는 일로 백만 원을 쓰고서야 물을 틀어놓는 것에 열성을 다하기 시작했다. 자다가도 물소리가 나는 것 같지 않으면 흠칫 잠에서 깼다. 숨을 죽이고 귀를 기울여 화장실에서 똑똑똑 물방울 떨어지는 소리가 들리면 그제야 마음을 놓았다. 중요한 것을 자주 깜빡깜빡 하는 언니에게는 화장실과 부엌 수도 두 개 다 뜨거운 물 쪽으로 틀어놓을 것, 많이 추운 날엔 똑똑똑이 아니라 줄줄줄 틀어놓을 것, 그리고 꼭, 꼭, 꼭 틀어놓을 것을 당부했다. 길 건너 아랫집은 샤워실에 물을 틀어놓았다가 바닥이 스케이트장처럼

두껍게 얼어 기온이 영상으로 올라가도 녹을 기미가
없었다. 그 집엔 터줏대감 중원과 계절마다 바뀌는
친구들이 살고 있었다. 좁은 골목을 사이에 두고
크게 소리치면 들릴 만큼 가까이 있는 아랫집과 우리
집은 간장, 후추, 버너, 국자뿐만 아니라 와이파이,
늦잠 잔 후의 점심, 쓸모없지만 재밌는 아이디어,
새로 사귄 친구 등을 공유했다. 샤워실이 얼어버린
아랫집 식구들은 봄이 올 때까지 우리 집에서 씻고
설거지하고 마실 물을 떠 갔다. 우리 집 식구들이
아랫집에 가면 중원은 망치로 샤워실 바닥에 언
얼음을 깨서 키다란 그릇에 담아 와인과 맥주를
내왔다.

　아랫집에 모여 앉아 맥주와 와인을 마시는 날이
잦았다. 아랫집엔 중원이 LPG 가스통을 잘라 만든
화목 난로가 있었다. 바깥이 아무리 추워도 난로를
활활 때놓으면 땀이 날 만큼 더웠다. 타닥타닥, 나무
타는 소리도 좋았다. 그렇게 매일매일 난로에 모여
앉다 보니 땔감이 다 떨어졌다. 중원이 어디선가
얻어 온 지게를 지고 인왕산에 올랐다. 21세기
서울에 등장한 지게에 지나가는 사람들의 시선이
실렸다. 전에 땔감을 해 오던 곳은 이제 죽은 나무가
없어서 더 위로 올라가야 했다. 소나무는 송진이
나와서 태우면 안 되고 참나무가 제일 오래 타고
연기도 적어서 좋다고 했다. 중원은 베어져 있거나

쓰러진 나무들을 바위로 끌어다 와서 도끼로 팼다.
나는 잔가지들을 발로 밟아 뚝뚝 분질러 커다란
쇼핑백에 담았다. 마른 가지들이 빼빼로 부러지듯
경쾌하게 부러졌다. 잔가지는 부엌의 화덕에 쓸
것이라고 했다. 커다란 쇼핑백 두 개가 나뭇가지로
묵직하게 차고 중원의 지게에도 나무가 가득 실렸다.
내 부축을 받고 중원이 도끼를 지팡이 삼아 겨우
지게를 지고 일어섰다. 무릎이 후들거리고 어깨에
피가 안 통해서 몇 번이나 쉬었다 내려가야 했다.

　중원이 살기 전엔 작은 구멍가게였던 아랫집은
'버드나무가게'라는 오래된 간판을 걸고 있다.
이제는 아무것도 팔지 않지만 간판에 '담배'라고
쓰인 탓에 이따금 손님들이 함부로 중원의 방문을
두드리며 담배를 달라고 하는 일도 벌어졌다. 우리
집도 낡을 만큼 낡았지만 가게는 더 낡아서 아예
못 쓰는 공간이 많다. 혹시라도 천장이 무너질까
옥상은 출입금지였다. 마당으로 나가야 있는 푸세식
화장실은 똥담(똥 싸면서 담배 피우기)이 가능해서
애연가들이 좋아했다. 마당 안 작은 텃밭에는 바질과
고추가 자라고 가게 옆 조금 큰 텃밭에선 배추와
무, 파, 갓과 괴물 같은 해바라기가 자랐다. 윗집에
사는 참견쟁이 할아버지가 '버드나무가게인데 왜
버드나무가 없냐'며 마음대로 심어버린 버드나무도

나란히 자라고 있었다.

주민 대부분이 노인인 이 마을에서 청년들끼리만
사는 집은 버드나무가게와 우리 집, 두 곳뿐이었다.
마을버스 기사님들은 우리에게 관심이 아주
많았다. "중원이 잘 있냐? 언제 오냐?" 버스에
오르면 마을버스 기사님은 꼭 내 안부가 아니라
중원의 안부를 물었다. 구제 옷을 입고 맥주병이나
와인병을 든 낯선 청년들이 마을버스에 타면
기사님들은 정류장 대신 버드나무가게 대문 바로
앞에 내려주었다. 버드나무가게는 그런 젊은이들의
아지드였기 때문이다. 마을버스가 끊긴 시각에도
버드나무가게 유리문 밖으로 미러볼 불빛이 새어
나오는 일이 흔했다. 가게에서는 겨울이면 난로
연통에서 연기가 피어오르고 여름이면 마당에서
고기 굽는 냄새가 피어오르고 계절에 상관없이 기타
소리와 노랫소리가 흘러나왔다.

버드나무가게 식구들과 우리 집 식구들이
있는 개미마을 단톡방에는 파티 소식이 잦았다.
개미마을에 다녀간 손님들의 각종 공연 소식, 친구가
기획한 페스티벌과 전시회 소식, 친구들의 생일파티,
김장파티, 감자축제, 송별회, 송년회, 신년회,
출국기념파티, 입국기념파티 등등 온갖 파티들이
매일 매주 매달 불꽃놀이처럼 팡팡 터졌다. 나는
술을 얻어 마시고 뛰고 노래 부르고 춤추며 놀았다.

파티에선 어김없이 술을 마셨다. 어째서 성인이라는
사람들은 알코올의 힘을 빌리지 않으면 도무지 노는
법을 모르는 걸까 싶었지만 어쨌거나 짠, 또 짠.

　밤이 깊으면 누군가가 자신의 기타를 꺼냈다.
옆 사람에게 노래를 청하기 위해 자기부터 노래를
시작했다. "연탄재를 차지 않고 뜨거운 사람이 되려
개미마을에 사는 베짱이라고 합니다." 옆 사람이
기타를 넘겨받는다. "속상한 일들이 하도 많으니
놀기도 하면서 살아가세 니나―닐리리야 닐리리야
니나노―" 그렇게 기타는 옆으로 옆으로 건네져 한
바퀴를 돌아 다시 첫 번째 주자의 손으로 돌아온다.
그럼 다 같이 떼로 노래를 부르기도 한다. 그러려면
모두가 가사를 아는 아주 유명한 노래여야 한다.
"긴 밤 지새우고 풀잎마다 맺힌―" 중원은 혹여
이웃 주민이 시끄럽다고 민원을 넣을까 봐 목소리를
낮추라고 당부하지만 노랫소리는 점점 커진다.
"음악이 생의 전부는 아니겠지만, 내가 걸어가듯
리듬이 흘러나오고 당신을 바라보며 노래를 부르듯
그 순간이 우리에게 필요합니다―" 무언가에
취한 사람들이 음악이 생의 전부인 것처럼 노래를
불러댔다.

　나는 언제나 내가 갖지 못한 순간들에 대해 한
번 두 번 세 번 뒤돌아봤다. 그날 내가 그 파티에
갔었더라면, 혹은 안 갔었더라면 더 재밌었을까.

지금 내가 가지 못한 곳에서는 얼마나 재밌는 시간이
흘러가고 있을까를 생각하다가 내가 있는 지금을
즐기지 못하기 일쑤였다. 그런데 개미마을에서
노래를 부르고 있을 때만큼은 내가 놓치고 있는
것들을 생각할 겨를이 없었다. 흘러가는 시간, 잘린
일자리, 비어가는 통장, 부모님과 할머니의 근심,
늘어가는 몸무게, 헤어진 애인, 다시는 못 볼 얼굴들,
어제 한 말실수 그 모든 것들에 대해, 내가 두고
온 것들에 대해 생각할 필요가 없었다. 다른 어떤
장소에 누구와 있다고 해도 이 기분을 다시 느끼지
못할 것 같아서 나는 지금 이 순간에 온전히 집중할
필요가 있었다.

　버드나무가게엔 일주일에도 몇 번씩 다양한
손님들이 다녀갔다. 고등학생이 무서운 고등학교
국어 선생님도, 요즘 제일 힙하다는 을지로에서
제일 장사 안 된다는 카페 주인도, 돈이 없어
삼각김밥으로 점심을 때운 대학생도, 인천의
지하철역에서 근무하는 공익근무요원도,
환경운동가도 사회운동가도 음악가도 미술가도,
언젠가 어디선가 한 번쯤 만나본 적 있는 백수들도,
머리를 길게 길러 묶은 남자들과 짧은 머리를 한
여자들과 그들의 애인들도 모두 버드나무가게의
단골손님이다. 그중에서도 나는 영을 가장 좋아했다.

영은 존 레논처럼 머리를 기르고 셔츠 단추를 목
끝까지 채우는 남자애였다. 영은 존 레논처럼 머리를
기르고 셔츠 단추를 목 끝까지 채워도 섹시한
남자애였다.

영은 요즘 들어 자주 개미마을에 온다. 나는 영이
개미마을에 오기로 한 날이면 종일 마음이 들떠서
모든 일에 관대해졌다. 영이 올 때마다 중원과 나는
분주하게 난로를 때고 조명을 세팅하고 미러볼을
켜고 향을 피우고 촛불을 켜고 노래를 틀고 스크린을
걸고 빔을 쏘고 리소토, 가지볶음, 아보카도초밥,
타코, 에그타르트, 브라우니, 머랭쿠키 같은 것들을
만들어놓고 기다렸다. 대체로 영은 맨 마지막에
도착했다. 영이 오면 맥주를 마시고 글을 쓰고
영화를 보고 기타를 치고 노래를 부르고 담배를
피우고 춤을 췄다. 영이 개미마을을 좋아하지 않을
리는 없었다. 그치만 영이 나를 좋아하는지는 알
수가 없었다. 나는 영이 궁금해서 영에게 자꾸
이것저것 물었다. 더 질문하고픈 맘에 물어봤던
질문을 또 물어보는 실수를 범하기도 했다. 나는
영이 키우는 거북이 이름도 궁금했고 영의 오늘
점심 메뉴도 궁금했고 가장 기분 좋았던 칭찬도
궁금했다. 사실 나는 영이 궁금해하는 게 뭔지가
제일 궁금했다. 영은 좀처럼 질문하는 법이 없었다.
영이 또 무방비하게 웃었다. 영이 또 공격적으로

하품을 했다. 밤 산책이나 가자고 했더니 영이 선뜻
문을 나섰다. 중원은 피곤하다며 방에 들어갔다.

아싸, 작전 성공이다.

　걸어야 할 것 같은 기분이 들면 나는 종종
마을버스를 타고 집보다 조금 더 위에 있는 종점에서
내렸다. 개미마을의 끝이자 인왕산 등산로가
시작되는 곳이었다. 나는 거기서부터 걸어 내려오며
마을 구석구석을 산책했다. 골목길을 따라 걷다
보면 갈림길이 나왔고 나는 대부분의 갈림길을
걸어보았다. 어떤 길들은 너무 좋을 것 같아서 걷지
않고 아껴두었다. 아껴둔 길은 아깝지 않은 사람하고
걷고 싶었다. 그러다 자랑하고 싶을 만큼 멋진 곳을
발견해버리기도 했다.

　인왕산은 바위산이어서 커다란 바위들이 군데군데
드러나 있다. 우리 집 뒤로 난 가파른 계단을 오르고
숲길을 헤치고 난간을 타 넘으면 떡시루처럼 커다란
바위가 나온다. 우리 집보다도 훨씬 넓은 그 바위에
앉으면 발아래로 내부순환도로와 그 안을 빽빽이
채운 차들의 불빛과 힐튼호텔과 홍제천과 교회
십자가들이 보였다. 깍지 낀 손으로 머리를 받치고
누우면 나뭇가지와 구름과 달과 별 같은 것들이
보였다. 모든 게 보였지만 아무도 나를 보지는 못할
것 같았다. 낮 내내 햇빛에 달궈진 바위는 따뜻하고
딱딱하고 부드러웠다. 올라가는 길이 험하고 밤엔

무섭고 여름엔 모기가 많고 겨울엔 추워서 가기
힘들지만 나는 자주 그 바위에 있었다. 언젠가
궁금한 게 많은 사람이 생기면 꼭 데려가고 싶은
곳이었다.

　나는 언제나 영을 바위에 데려갈 날만을 기다렸다.
오늘이, 바로 그날인 것이다. 영이 내 뒤를 따라
산길을 올랐다. 평소보다 숨이 차고 심장이 격하게
뛰었다. 나는 애써 가파른 경사 때문에 숨이 차는
척 쉬었다 올라가자고 했다. 자랑스럽게 영에게
바위를 보여줬다. 영은 영상을 찍었다. "인스타에
올릴까"라고 말했다. '인스타에 올릴까'라는 말은
'여기 무척 힙하다'라는 뜻이었다. 나는 SNS에 자주
게시물을 올리는 사람을 신뢰하지 않는다. 그렇다고
게시물이 하나도 없는 계정은 어쩐지 정답지 않다.
영의 계정에는 언제나 단 하나의 게시물만 있었다.
나는 그 점이 마음에 들었다. 그런 그의 계정에
지금 찍은 영상을 올리고 싶어 한다는 점도 마음에
들었다. 그러나 영은 그렇게 하지 않았다. 그 점도
마음에 들었다. 대신에 영은 지금과 꼭 맞는 노래를
틀기 위해 아주 신중하게 노래를 골랐다. 그 점도
마음에 들었다. 영은 공간과 어울리는 노래를 트는
데에 능숙한 사람이었다. 나는 그 점도 마음에
들었다.

나는 절대로 '이제 그만 들어가자'라고 말할 리가
없으므로 그 말을 꺼낸 것은 영이었다. 머릿속으로
그리던 5백 가지 로맨틱한 상상을 접고 쿨한 척
엉덩이를 털며 일어났다. 내려가는 길에는 아까는 못
본 벚꽃이 피어 있었다.

"너는 개미마을을 좋아하겠다."

질문하는 법이 없는 영이 말했다. 여전히 질문형은
아니었지만 나는 대답했다.

"응 좋아하지(이 눈치 없는 자식, 개미마을이 다 뭐야,
널 좋아해 좋아한다고)."

괄호 안에 든 속마음을 고백할 만큼 취하지는
않았다. 여전히 나는 영에게 질문했다.

"너도 좋아해?(나를 좋아한다고 말해, 말하라고!)"

"응. 좋아하니까 계속 오지."

영이 당연하다는 듯이 말했다. 이것이 전지적
작가시점의 글이었다면 영의 괄호까지도 읽을 수
있었겠지만 나는 전지적이지도 작가적이지도 못해서
그냥 내가 좋으니까 계속 온다는 말로 이해하기로
했다.

다음 주에 또 올게. 영이 손을 흔들며 마을버스에
올랐다. 나는 다음 주가 있다는 사실이 그렇게 좋을
수 없었다. 앞으로 사흘간은 어젯밤 때문에 기분이
좋을 것이고 그다음 사흘간은 영을 기다리느라
기분이 좋을 것이다. 영이 더 자주 개미마을에

왔으면 했다. 그러나 다음 주, 다다음 주, 그다음
주의 다음 주의 아주 먼 다음 주까지도 내가
개미마을에서 영을 기다릴 수 있을지는 미지수였다.
집주인은 아마도 내년에 전세금을 올릴 것이고
어쩌면 그 전에 재개발 소식이 날아들어 계약을
연장해주지 않을지도 모른다. 버드나무가게에선
개미마을을 철거하기 시작하면 머리에 띠를 두를
건지 길바닥에 누울 건지 기둥에 몸을 묶을 건지에
대해 얘기해보기도 했다. 생각해보니 우리가
재개발 소식을 알아차리기도 전에 집을 나가게
될 것 같아서 그냥 웃었다. 지키고 자시고 할 집이
우리에겐 없었다. 개미마을을 핑계로 자꾸 멀리 사는
영을 불러들였는데 개미마을마저 없어진다면 나는
어떤 핑계로 영을, 또 새로운 사람들을 유혹할 수
있을지를 생각했다. 또 어디에서 우리가 둥글게 모여
앉고 미러볼을 켜고 춤을 출 수 있을지도 말이다.

　영을 데려갔던 바위에 가는 것을 더 이상 좋아하지
않게 되었다. 전엔 바위에 서 있으면 발아래로
골목과 집과 가로등이 촘촘했는데 이젠 그 자리에
흙과 포클레인만 황망히 남아 있다. 하루 종일 쿵,
쿠쿵, 드드드드 하는 소리가 산 위에까지 들려왔다.
곧 아파트가 쑥쑥 자라날 것이다.
　겨울이 끝나면 두꺼운 털 이불을 맡기던 아랫동네

세탁소가 문을 닫았다. 그 근처에 있던 다른
상가들도 마찬가지였다. 상가 뒤쪽에 있던 주택가는
이미 철거가 진행 중이었다. 아직 문을 닫지 않은
건너편 양꼬치 집에선 매미만 한 바퀴벌레가
돌아다녔다. 주인아저씨는 집들이 철거되면서
거기 살던 바퀴벌레들이 남은 집들 쪽으로 다 도망
나온 거라고 했다. 그 길을 지날 때마다 가림막의
구멍으로 반만 무너진 집의 단면이 보였다. 아마
머지않아 개미마을에도 가림막이 쳐지고 포클레인이
들어서고 버드나무는 뽑히고 바퀴벌레들은 도망가야
할 수도 있지만 나는 그게 가능한 한 먼 훗날이면
했다.

하야티는 대부분의 일을 '그냥' 한다

하야티의 손은 늘 준비되어 있다. 술을 빚고 케이크를 만들고 팥죽을 쑤고 양갱을 만든다. 우리가 무언가 근사한 파티를 하고 싶어질 때나 의미 있는 행사를 할 때 그녀는 뚝딱 갈비찜을 해내고 식혜를 만들고 상그리아를 제조한다. 세상 중요한 회의를 하는 척하는 이들을 위해 그녀는 고소한 배추전을 부치고 보글보글 된장국을 끓인다. 그녀의 손은 요리뿐 아니라 글쓰기를 위해서도 예비되어 있다. 하고 싶은 이야기도 쓰지만 해야 하는 이야기를 위해서도 기꺼이 밤을 새워 글을 쓴다. 그녀의 언어는 익살스러우면서도 품위가 있다. 직관적이면서도 핵심에 바로 닿아 있다. 기획안을 쓸 때 뉴스레터를 제작할 때 잡지를 만들 때 심각하고 어려운 글 속에서 그녀의 글은 활짝 명랑하고 발랄하고 다정하고 따뜻하다.

닥치면 쓰는 손은 오랜 연마를 필요로 한다. 돈도 명예도 사랑도 안 될 글쓰기 따위를 장기간 수련할 수 있는 마음은 '그냥'에 있다. 하야티는 대부분의 일을 '그냥' 한다. '그냥'은 묻지도 따지지도 않는 마음이다. 의도와 목적이 없는, 바라는 바 없는 마음자리다. 바람은 그냥 불고 파도도 그냥 치고 비도 그냥 내린다. 엄마도 나를 그냥 사랑했다. 그냥 하는 마음은 가장 자연스럽고 가장 우주적이다. 하야티는 오랜 시간 공들여 그냥 마음과 몸을 갈고닦는다. 파쿠르도 요가도 축구도 그냥 한다. 반복하여 장애물을 넘는 훈련을 수없이 되풀이할 때 문득 마음의 장벽도 훌쩍 뛰어넘을 수 있음을 저절로 알게 될 때까지.

'노는 인간 하야티'. 언젠가 하야티에 관한 글을 쓴다면 제목은 이렇게 붙일 것이었다. 하야티는 잘 논다. 재미있는 건 노는 것에 대해 이전 세대가 보인 도덕적 강박이나 불안이 없어 보인다는 점이다. 하야티의 삶이 걱정스럽거나 불안해 보인다면 당신은 아마도 노동이 삶에 목표와 질서를 부여하는 시대를 살았던 사람일 것이다. 하야티는 놀면서 삶을 조직하고 이상을 향해 가고 스스로를 연마하고 세상에 기여한다. 이 낯선 인간을 이해할 때에야 어쩌면 다가올 시대를 짐작하고 어림하고 추측할 수 있을 것이다.

무릇 대전환의 시대에 하야티의 삶을 주의 깊게 살피는 이유가 여기에 있다. 스스로 생의 리듬을 만들어내고 누구와도 무엇과도 협동할 줄 알며 용맹하고 자유로운 감수성을 지닌 인간이라면 AI의 시대에도 안녕 친구, 손을 내밀며 새로운 세상의 첫 아침을 맞이할 수 있지 않을까. 그러고 보면 그녀는 누구든 무엇이든 친구라고 불렀다. 안녕 참새친구, 안녕 고양이친구, 안녕 노랑꽃친구, 안녕 냉장고친구, 안녕 브로콜리친구…. 그 무엇도 확신할 수 없는 시대에 다만 그녀의 글은 대전환의 시대를 살아낸 인류의 보고서가 될 것이며 그녀의 나날은 새로운 시대를 걸어간 세대의 첫 발자국이 되리라고 어렴풋이 예감해볼 뿐.

하얀티의 어린글방

○

글방 시작 한 시간 전, 아직 글을 완성하지 못했다. 급한 대로 버스에 앉아 노트북을 폈다. 버스가 급정거하면서 들고 있던 노트북이 부웅 날아가 바닥에 내동댕이쳐졌다. 혹시라도 노트북이 망가져서 쓰던 글이 날아갈까 허겁지겁 노트북을 주워 들었다. 쓰던 글이 무사히 화면에 떠 있었다. 안도하며 직전까지 여러 번 고쳤던 글을 다시 고치기 시작한다. 어제 새벽 너무 졸려서 에라 모르겠다 자버린 바람에 끝부분을 제대로 마무리하지 못했다. 이대로 글방에 글을 가져간다면 마지막이 아쉽다는 평을 들을 것이 분명했다.

글방 시작 30분 전, 먼저 도착해서 앉아 있는 조개가 보인다. 초조한 눈빛으로 노트북에 빨려 들어갈 듯 앉은 모양새만 보아도 알 수 있다. 너도? 나도⋯. 조개와 나는 동글상련이다. 같이 병을 앓는 동병상련이 아닌 같이 글을 쓰는 동글상련. 후다닥 조개 옆에 노트북을 펴고 앉아 마지막 문단과 씨름한다.

글방 시작 5분 전, 여치가 도착한다. 은밀한 거래를 하려는 사람처럼 조심스레 묻는다.

"여치, 오늘 글 가져왔어?"

"가져오긴 했는데⋯."

여치 또한 동글상련의 동지다. 칙칙한 눈 밑으로 잠을

참아가며 글을 써 내려갔을 밤이 훤히 읽힌다.

종이에 인쇄한 각자의 글을 나눠주는 것으로 글방을 시작한다. 기대에 찬 얼굴로 글을 나눠주는 사람들은 필시 글방이 처음인 사람들이며, 죄지은 사람처럼 글을 나눠주는 사람은 글방이 어떤 곳인지 아는 사람들이다. 조개와 내가 나눠주는 종이는 방금 막 인쇄한 것이라 조금 따뜻하다.

내 자리에 층층이 쌓인 종이를 집어 든다. 잠시 내 글은 잊고 남의 글에 빠져든다. 허어업 놀라기도 하고 어머머머 탄식하기도 하며 읽는다. 한 편을 다 읽고 나면 와씨 진짜 재밌다, 혹은 아 뭔가 아쉬운데, 같은 거칠고 애매한 생각이 든다. 뭐가 좋았는지 뭐가 아쉬웠는지 자세히 얘기해주기 위해 다시 한번 글을 읽는다. 개중 빛나는 문장을 탐내고 밑줄 치다 보면 최선을 다해 피드백하고 싶어진다. 이 사람이 더 재밌는 글을 써줘야 나도 더 재밌는 글을 읽을 수 있으니까.

흐훗, 풉 같은 작은 웃음소리와 펜이 사각거리는 소리만 있던 장소 안에 출발 신호가 울린다.

"다 읽었으면 시작할까요."

오랫동안 고민한 티가 나는 글이었어요. 장면들이 이어지지 않고 흩어져 있는 느낌이에요. 등장인물이 너무 재밌어서 만나보고 싶어요. 이 캐릭터는 잘 안 보이는 것 같아요. 이런 삶은 어떨까 되게 궁금하고, 이 인물을 응원하게 돼요. 이 부분에서 이렇게 연결되는 점이 되게 좋았어요. 시작은 좋은데 마지막 부분에서 힘을 잃은 느낌이에요. 이런 부분을 추가해서 써보면 어떨까요?

저마다 글에 대한 따끔하고 따끈한 감상과 비평을 얘기하고 나면 마지막으로 어딘이 말할 차례다. 글쓴이뿐만 아니라 모든 이가 어딘이 무슨 말을 할지 궁금해한다. 어딘은 좋았다는 얘기도 별로였다는 얘기도 무심한 톤으로 얘기한다. 무심하게 글 얘기를 하는 것처럼 보이지만 실은 엄청난 이야기들을 시작한다.

어딘의 입에선 좋은 문장을 쓰는 법, 좋은 글을 쓰는 법, 좋은 작가가 되는 법과 같은 이야기 등은 물론이고 글을 쓴 사람조차 생각하지 못한 이야깃거리들이 끝도 없이 나왔다. 글 쓰는 사람의 역할은 무엇인가, 젠더 간, 국가 간에는 어떤 불평등이 존재하는가, 요즘의 대학생들이 공유하는 감수성은 옛날의 그것과 어떻게 다른가, 케이팝이 국제사회에서 갖는 맥락과 위치는 무엇인가, 밥이라는 건 인간에게 무슨 의미인가, 한국 청년과 청소년들의 절망과 우울은 어디에서 오는가, 국가는 무엇인가 가족은 또 무엇인가….

그날 나온 글의 주제에 따라 이야기의 폭은 한없이 넓어진다. 어딘은 마치 밤새 강연을 준비한 연사처럼 술술 이야기한다. 우리에게 열심히 말해놓고 정작 본인은 말했다는 사실을 까맣게 잊을, 너무나도 중요하고 커다란 이야기들을 테이블 위로 턱 하니 올려놓는다. 왠지 다른 사람이 전해줬으면 재미없었을 것 같은 이야기들인데 어딘이 이야기하면 할머니가 전해주는 옛날이야기처럼 몸 기울여 듣게 된다.

점점 내 글을 피드백할 차례가 오면 다리가 달달 떨린다. 분명히 어젯밤엔 재밌다고 생각했고 아까 전엔 완성했다고 여긴 글이 갑자기 초라하고 모자라 보인다. 아니나 다를까 그저 그렇고, 조금 아쉽고, 왜 썼는지 모르겠다는 평이 날아온다. 사람들은 시간을 덜 들인 글을 귀신같이 알아본다. 이 사람들은 한두 번 읽고 캐치하는 것을 왜 나는 수십 번을 읽으면서도 몰랐을까. 글방이 아니라 굴방에 숨어들고 싶어진다. 그렇지만 이쯤은 각오했기 때문에 애써 고개를 끄덕이며 원고에 피드백을 메모한다. 잘못 뱉은 말은 수정하기 어려운데 잘못 쓴 글은 고쳐 쓸 수 있다. 심지어 고쳐 쓴 문장을 정성스레 읽어주고 고치니까 훨씬 낫다고 얘기해줄 사람들이 있다. 남이 내 글을 읽는 것은 부끄럽지만 기분 좋다. 부끄러울 수 있어서 기분 좋은 것 같기도 하다.

처음으로 글방에 가져온 글은 꽤 호평을 받았다. 그동안 써둔 글 중에 제일 좋아하는 글을 필사적으로 다듬어 가져갔으니 그랬을 수도 있겠다. 그 뒤로 이어진 네다섯 편의 글은 계속 혹평을 받았다. 혹평을 받으면서도 호평을 받았던 첫 번째 글의 가능성을 생각하며 계속 다음 글을 썼다. 어쩌면 글방에 계속 글을 가져갈 수 있었던 이유는 첫 번째 글이 칭찬을 받아서인지도 모른다.

그저 그런 글과 재미없는 글을 쓰다가 아주 가끔 재밌는 글을 쓰면서 글방의 시간이 흘러갔다. 내가 아니면 누구도 기록하지 못하는 이야기들이었고, 글방이 아니었다면 섬세하게 관찰하고 다듬지 못했을 글들이었다. 애인에게 차이고 가족과 다투고 집에서 쫓겨나고 여행 가서 죽을 뻔한 일쯤은 글방에선 그저 흥미로운 글감이 되어버린다. 그렇게 쓰인 글들을 읽다 보면 나와 친구들의 삶이 한 편의 시트콤이나 소설처럼 느껴졌다.

글방이 끝나면 비가 오지 않는 한 자전거를 타고 집에 가곤 했다. 긴장해서 끊임없이 뭔가를 먹은 탓에 더부룩한 속이 자전거를 타면 시원하게 나아졌다. 자전거가 없었다면 글방을 꾸준히 못했을지도 모른다고 생각하며 페달을 밟았다.

페달을 밟으며 오늘의 글에 대해 생각한다. 호평을 받은 날이면 좋았다고 칭찬받은 문장을 곱씹고 또 곱씹는다. 머릿결이 참 좋네요, 라는 칭찬을 듣고서 머릿결을 한참이나 만지작거리는 사람처럼. 반면 좋은 소리를 못 들은 날이면 글방에서 하지 못한 변명을 되뇐다. 이번엔 정말로 시간이 없었다고, 내가 진짜 말하고 싶은 바는 말이지…. 어쨌든 다음 글은 꼭 잘 써 보이고 말겠어, 같은 마음가짐으로 힘주어 페달을 밟는다.

헤어질 때 어딘이 던져준 글감을 떠올린다. 무엇을 쓰지, 어떻게 쓰지. 쓰고 싶은 이야기와 문장이 꼬리에 꼬리를 물고 떠오른다. 그것들을 놓치지 않기 위해 잠깐 자전거에서 내려 메모한 뒤, 다시 힘차게 달린다.

양화대교 중간에 멈춰서 한강을 바라본다. 이곳을 지날 때면 의례처럼 꼭 멈춰 서게 된다. 까맣고 미끄럽게 빛나는 강물을 보고 있으면 피곤한 눈과 결린 어깨 같은 것들이 후

드득 떨어지는 것 같다. 분명 어젯밤엔 글 쓰기 싫다고 몸을 비틀었던 것 같은데 다시금 꼿꼿하게 앉아 글을 쓸 수 있을 것 같은 기분이 든다. 아니 얼른 그러고 싶어진다. 언젠간 이 순간을 글로 써야지, 생각하며 자전거에 오른다.

나오며

우리는 연결될 수 있는 세상에 살고 있다

중간중간 글방을 쉬는 경우가 있었다. 다른 일로 몹시 바빠지거나 글방에 사람이 줄어드는 경우, 시절 인연이 다했나 봐 잠시 쉬어가자, 라며 글방을 접곤 했다.

글방이 다시 열리는 때는 누군가 꼭 글방을 하고 싶다는 열망으로 다시 문을 열자고 말할 때다. 요가 선생님인 시원이 언젠가 이런 말을 한 적이 있다. "요가 선생이 되는 길은 누군가가 나에게 와서 요가를 가르쳐달라고 말을 할 때입니다. 그럴 때 비로소 요가 선생이 되는 거죠." 관계의 시작을 생각하게 되는 말이다. 종종 나의 학생들에게 하는 말이기도 하다. 시작이 중요해, 관계란 서로를 길들이는 거잖아, 어디까지는 허용하고 어느 부분은 곤란하다고 말할지 분명히 하는 것이 좋은 사이를 오래 유지하는 방법 중 하나일 거야. 말인즉슨, 독립적이고 싶은 부분과 의존적이고 싶은 부분을 충분히 공유하고 이해하고 때로 유연하게 조절하라는 것이다.

여행학교 일로 바쁘고 몸도 아파 글방을 조금 오래 쉬게 되었을 때 '목동글방'이 생겼다. 이 글방은 앳의 제안으로 시작되었다고 나는 알고 있다. 앳이 조금 넓은 집을 갖게 되었을 때 가장 먼저 장만한 건 커다란 테이블과 의자들이라고 한다. 글을 쓰고 싶은 친구들을 부르기 위해 중고 시장에서 의자를 고르며 조금 설레고 아주 기뻤다는 말을 얼핏 들은 듯도 하다. 목동글방은 앳의 집이 목동에 있었기 때문에 붙여진 단순한 이름으로 이 집에 모이는 멤버들은 오래되어 친숙한 앳의 친구들이자 어딘글방의 한 시절 멤버들이다. 글쓰기보다는 이야기의 씨앗 정도를 뿌리고 종자를 나누는 모임, 이라는 말이 더 적합할 듯하다. 못 만난 동안, 기껏해야 이삼 주이지만, 하고 싶었던 이야기를 와장창 쏟아내고 우헤헤헤 깔깔깔깔 눈물이 나도록 웃고 정치부터 섹스까지 세상의 모든 봉인을 해제하는 수다를 떤 다음, 각자 쓰고 싶은 글을 쓴다고 한다. 위도 없고 아래도 없고 방향도 없지만 모두가 서로에게 낙하하는 우주의 법칙을 이미 터득한 이들의 모임이랄까, 의존하되 독립적인 관계의 전형이랄까.

앳의 주변에는 이야기를 좋아하는 친구들이
있었다. 흘러가는 어떤 순간을 이야기로 만들 줄
아는 이들이었다. 어느 날 밤 그들의 대화 속에서
목동글방이 시작되었다. 앳이 자신의 목동 집을
모임 장소로 흔쾌히 내어놓은 것이었다. 이야기를
짓는다는 것은 능력과 욕구가 있어도 때로 집을 짓는

것만큼이나 버거운 일이기도 하다. 그래서 우리는
이따금 모여 함께 이야기를 만들고 그것을 나누기로
하였다. 모임에서 우리는 여러 가지 목소리를 들을
수 있었다. 우리의 삶은 모두 가지각색이었다.
다만 우리는 이따금 모여 이야기를 털어놓고
숨겨놓았던 목소리를 꺼낼 수 있는 공간이 있었다.
한동안 정신없이 떠들고 나면 적어도 몇 주는 잘
살 수 있었다. 우리들의 창고에는 좋은 이야기들이
쌓여가고 있다.

—— 룻다(양다솔)

'이슬아글방'의 역사는 유구하다. 캐나다에서 막 돌아
와 한글로 읽고 쓰는 것을 약간 어려워하던 두 명의 남자 어
린이들로 시작해 중고등학생, 청년, 중년의 여성들까지, 이
슬아글방 멤버들의 다양성과 층위는 한국에서 아마 가장 폭
넓고 다채로울 것이다. 이슬아글방이 그토록 붐비는 이유를
나는 매우, 잘 안다. 어떤 사람의 이야기든 공들여 듣고 공들
여 지지하고 공들여 수선한다. 이 탁월한 이야기꾼은 세상의
모든 이야기가 평등하고 골고루 재밌으며 가치 있다는 걸 안
다. 글을 쓰고 출판사까지 운영하느라 바쁘지만 리사는 두
개의 글방을 지속하고 있다. 어린이 글방과 청소년 글방.

어린이와 청소년은 정말 멋진 시절의 인간들이기
때문이에요. 이번 주에 제가 어떤 피드백을 하면

다음 주에 변해서 돌아와요. 어른보다 훨씬 잘
변해요. 이리저리 잘 변할 수 있다는 게 너무
멋지다고 느껴요. 그래서 피드백을 할 맛이 나고
더 신중하게 하게 되고요. 청소년 글방은 우정의
마음으로 계속하고 초딩 글방은 웃겨서 계속해요.

—— 리사(이슬아)

울리는 최근 '전자우편글방'을 하고 있다. 전자우편글방
이라니, 신박하다. 울리의 글방 경력은 리사에게 어린이 글
방을 물려받으며 시작되었다. 어린이 글방 멤버의 이모가 한
달에 두 번 자신의 글을 보낼 터이니 피드백을 해주면 고맙
겠다는 제안에서 전자우편글방은 비롯되었단다. 막상 해보
니 메일로 받는 글이 사뭇 애틋하고 펜팔 하는 기분도 들어
몇 번씩 반복해 읽게 된단다. 직접 만나서 글에 대해 이야기
하는 글방이 부담스러운 사람들, 수줍음이 많거나 낯가림이
심한 사람들이라면 전자우편글방을 시도해봐도 좋겠다. 울
리는 어린이 글방에 더해 청소년 글방과 이십대 초중반의 여
성들과 함께 하는 글방까지 한다. 이십대 초중반의 여성들과
함께 하는 글방은 멤버들끼리 아주 친해져서 팟캐스트를 같
이 도모하기도 한다는데 기댈 수 있는 관계가 형성되었다는
것이 모두에게 큰 힘이 되는 거 같다고 울리는 말한다.

가장 재밌는 글방요? 제가 글 써서 가져가는
글방이죠. 여전히 제 글에 대한 피드백을 듣는

것이 좋아요. 긴장과 설렘이 교차하고 공존하는
순간이잖아요. 글 하나 완성하는 것이 만만한 일이
아니잖아요. 그래도 글방을 하면 글 가져가려고
기를 쓰고 완성하거든요. 어딘은 완성된 글이
아니면 피드백을 할 수 없다고 하셨잖아요. 짧든
길든 어쨌거나 본인 선에서 더 이상은 못 해, 할
만큼 했어, 하는 글을 가져오라고 하셨으니 그걸
가져가려고 5분 전까지도 글을 만지고 고치고,
근데 그 마지막 퇴고가 때로 글을 살리기도 했던 거
같아요.

—— 울리(이다울)

'하마글방'은 『미쳐 있고 괴상하며 오만하고 똑똑한 여
자들』을 쓴 하마가 운영하는 글방이다. 일주일에 한 번 열
리는 하마글방의 규칙은 세 가지. 첫째, 유일무이한 나의 이
야기를 찾는다. 둘째, 독자에게 잘 읽히는 전략적인 글쓰기
를 한다. 셋째, 다정하면서도 윤리적으로 피드백을 한다. 십
대 후반에서 삼십대까지 다양한 사람들이 모여 글쓰기와 합
평을 진행한다. 하마는 종종 다른 사람의 피드백을 받아들
일 때 걸러 듣기를 해도 좋다고 말하곤 한다. 모든 피드백을
다 받아들일 필요는 없다, 내 글을 나은 방향으로 밀고 나가
는 데 필요한 이야기라고 판단되는 피드백을 취사선택해서
받아들이라는 의미란다. 중요한 이야기다. 세상 모든 사람은
자신의 경험을 바탕으로 타인의 글을 읽는다. 글이란 본시

작가의 손을 떠나는 순간 글쓴이의 의도 따위와는 무관하게 읽힌다. 온전히 작가의 것이라고도, 온전히 독자의 것이라고도 하기 어려운 것을 두고, 때로는 뜨겁게 때로는 차갑게 작가와 독자가 만나고 부딪치고 불꽃이 튀고 번쩍, 새로운 이야기가 포태된다.

제가 글방을 하면서 느끼는 건 누군가가 면밀하게
내 글을 읽고 정확한 비평을 해줄 때가 얼마나
좋았던가 하는 거예요. 하하하. 사실 어딘글방 할 때
첨엔 엄청 힘들었거든요. 그전까지 혼난 경험이 거의
없었으니까요. 모범생 중의 모범생이었으니 칭찬
듣는 데 익숙해져 있었는데 어딘글방에서는 치열한
피드백이 오가니 처음엔 몹시도 당황스러웠죠.
받아들이기도 힘들었고. 지금은 그 시절이 그리워요.
제가 쓴 글에 누가 그렇게 맹렬히 혹독하게 비평을
해준다면 감사할 일이라는 걸 이제는 알죠.
—— 하마(하미나)

나도 그랬다. 글을 써 내고 곤죽이 되도록 깨지고 나서 어찌나 자존심이 상하고 화가 나던지 내가 다음 모임에 나가나 봐라, 씩씩대며 돌아왔는데 다음 모임을 앞두고 스승이 전화를 하셨다. "이번에도 올 거지?" 명랑하고 경쾌한 목소리로 물어오셨다. "어, 네." 전화를 끊고 생각했다. 그래 이양반도 미안하셨던 게지. 웬걸, 다음 모임에서는 아주 뒤통수를 꽝꽝 내리쳐 깨부쉈다. 아아, 빌어먹을. 땅바닥을 뚫고 사라지고 싶었다. 그렇게 몇 달을 지나 나는 깨끗하게 항복했다. 완전히 다른 수구나. 스승이 펼치는 놀라운 세계를 여전히 다 보지 못하고 있다. 미욱한 제자를 10여 년 넘게 보아주시니 그저 고개를 숙일 뿐이다.

'무늬글방'은 담이 운영하는 글방이다. 모집공고가 나자마자 바로 '매진'되는 인기 글방이다. "언제나 우리를 쓰게 하는 것은 일종의 제약입니다. 마감이라는 시간의 제약, 일기/쪽지/이력서/대자보/생일축하문자와 같은 용도와 형식의 제약, 오늘은 유독 택시 생각에 사로잡히더라는 관심의 제약, 궁극적으로 유한한 수명이라는 제약. 영원히 모든 것에 대해 결말도 없이 쓸 수 있다면 우리는 결국 어떤 것에 대해서도 쓰지 못할 거예요." 무늬글방 소개 글에 나오는 말이다. "나를 직시하고 해체하는 일은 고통을 수반하게 마련이지만, 이런 수고를 통해 우리는 나를 지어준 타인에 대한 존중과 타인을 짓는 나에 대한 책임감을 회복할 수 있습니다. 나만 읽는 글에서 벗어나고 독자와 관계 맺는 일의 기쁨과 슬픔을 함께 탐구해봅시다"라니, 오, 이 매혹적인 글방에서는 어떤 이야기들이 오갈까?

선생님이었던 어딘을 자주 생각하게 돼요. 그때 어딘도 모든 순간 자기의 생을 총동원해서 말했을까, 전력으로 방어전을 치르듯이 했을까, 수업이

끝나고 나면 이야기보따리에 남는 게 하나도 없는
기분이었을까. 왜냐하면 그때 어딘은 아득하게
똑똑한 어른이었거든요. 저 사람은 망망대해와 같은
이야기보따리를 등 뒤에 가지고 있고, 우리한테는
매시간 그 보따리에서 한 방울씩만 꺼내 먹이는구나.
그것도 많다고 다 못 받아먹고 체하는구나. 그렇게
여겼죠.

―― 담(안담)

영화감독이자 작가인 룩도 '보라글방'을 열었다. 언젠가
일군의 청년들이 룩의 책 『해보지 않으면 알 수 없어서』를
읽고 작가와의 대화 자리를 마련하여 초대했다고 한다. 그들
은 룩의 영화 〈기억의 전쟁〉 공동체 상영을 조직한 집단이었
다. 그 자리에서 누군가가 물었단다. "작가님은 어떻게 계속
해서 쓰세요? 저도 그러고 싶어요."

　계속해서 쓸 것, 가능하다면 동료들과 합평하면
좋다고 말했지만 그런 공간이 어디에 있느냐는
질문에 말을 줄였다. 모두가 나를 쳐다보았다.
나의 다음 말을 기다렸다. 어딘의 말이 생각났다.
사람들이 찾아와 글을 쓰고 싶다고, 공간을
열어달라고 하면 글방을 열어야 한다는 그 말이.
그렇게 '보라글방'을 열기로 했다.

―― 룩(이길보라)

242

일본과 한국을 오가는 룩의 라이프 스타일을 고려하여 온라인 화상 수업을 기본으로 하고, 룩이 한국에 머무는 동안은 두 달에 한 번 오프라인에서 만난다고 한다. 그러고 보면 글방은 세상 어디에서도 열 수 있다. 어떤 식으로든 우리는 연결될 수 있는 세상에 살고 있다. 잊지 말자.

훈훈의 글방은 글쓰기에 머무르지 않는다. 장애인 당사자와 비장애인 참여자가 함께 모여 서로의 삶과 몸에 관한 이야기를 나눈다. 몸을 가지고 살아간다는 것의 의미를 살피고 경험을 공유함으로써 삶의 다층적인 레이어를 만드는 것이 목표다. 그리고 글방에서 한 이야기를 갖고 공연을 올린다. 작년과 올해 장애인 배우와 비장애인 배우들과 함께 글방을 하고 그 이야기를 공연으로 올렸다. 훈훈은 그 글방의 '안내자'이며 '배우'다.

글방의 방식은 어딘글방과 동일하다. 하나의 글감으로 일주일 동안 글을 쓴 뒤 글방 당일 합평회를 진행한다. 차이점이 있다면 각자 쓴 글을 동료들 앞에서 소리 내어 읽는다. 참여자마다 글을 읽는 리듬과 말투가 다르기에 눈으로만 읽었을 때보다 조금 더 입체적인 경험을 한다. 그다음 동료들의 피드백을 듣는 시간이 주어지고 마지막으로 내가 준비한 피드백을 들려준다. 내 피드백은 미리 글로 준비해온 것이며 나는 참여자 중

한 사람에게 대독을 부탁한다. 글방이 진행되는 곳에
설치된 프로젝터로 내 피드백을 전한다. 참여자들은
내 말을 보거나 읽을 수 있다. 이 방식은 어떠한
장애를 가지고 있든지 글방이 진행되는 시간만큼은
소외되지 않도록 하기 위한 목적에서 만들어진
것이다.

──── 훈훈(홍성훈)

'어부글방'도 성업 중이다. '어딘이 부재하는 글방'의 줄
임말이란다. 나는 작년 겨울부터 글방을 잠시 쉬고 있다. 에
너지 고갈이 이유다. 멤버들은 어딘의 부재와 상관없이 매주
글방을 열고 있다. 꼼꼼히 읽고 정교한 피드백을 하기 위해
노력하고 있다고 전해 들었다. 글방이 장치라는 걸 이미 알
고 있는 이들이다. 일주일에 한 번, 한 편의 글의 무게를 기
꺼이 함께 견디고 싶은 이들이 만들어내는 시공간. 그 속에
서 냉정하고 차분하게 스스로를 이해하고 다정하고 활발하
게 타인을 수용하며 지나간 시간을 딛고 다가올 시간을 창발
중이다. '아름답다'가 형용사가 아니라 동사임을 증명해내는
이들이 될 터이다.

신기한 일이라고 나는 종종 말하곤 한다. 글을 쓰고 싶
어 하는 사람들이 있다는 것, 그것도 아주 열심히 진지하게
글을 쓰고 싶어 하는 청소년과 청년들이 여전히 존재한다는
사실이 매번 새롭고 놀랍다. 저 명민한 이들은 알아챈 것이
다. 자신이 곧 우주라는 걸, 내 한 몸이 꽃일 때 온 세상이 봄

이라는 걸. 그렇지 않고서야 글 쓰는 것으로도 모자라 이토록 열렬히 글방을 열어가다니. 이들로 인하여 글방은 확장되고 변주되고 진화한다. 그리고 연결된다, 당신과 나, 이토록 우연히 이토록 찬란히.

활활발발

초판 1쇄   2021년 12월 31일
초판 2쇄   2022년 4월 10일

지은이   어딘
편집   조소정, 이재현, 조형희
제작   세걸음

펴낸곳   위고
출판등록   2012년 10월 29일 제406-2012-000115호
주소   10881 경기도 파주시 회동길 290 206-제5호
전화   031-946-9276
팩스   031-946-9277

hugo@hugobooks.co.kr
hugobooks.co.kr

ISBN 979-11-86602-67-6 03810